Meowy Christmas

Von Pia & Maze Bateham

Über die Autoren:

Für die unter uns, die kein Kätzisch sprechen, wird es ein Geheimnis bleiben, wie es mit der kleinen Streunerin weitergeht, denn meine Katze Maze war viel zu genervt von meiner "typisch menschlichen Begriffsstutzigkeit"

(Danke für deine Geduld, Maze!).

Aber nach einer Menge harter Arbeit und zahlreichen mahnenden Kratzern – insbesondere, wenn ich ein »Miau« beinahe falsch tippte – gelang es uns letztendlich doch, die Weihnachtsgeschichte der kleinen Streunerin auf Papier zu bringen. Was dabei entstand, ist eine einmalige Erzählung über Liebe, Wärme und Familie – und natürlich über die kleinen Wunder, die nur Katzen vollbringen können.

So entstand die wahre Weihnachtsgeschichte, ganz „katzengerecht" niedergeschrieben.

Meowy Christmas

Eine Weihnachtsgeschichte,
erstmals erzählt von einer Katze

von Pia & Maze Bateham

Bibliografische Information der Deutschen Natio-
nalbibliothek:
Die Deutsche Nationalbibliothek verzeichnet diese
Publikation in der Deutschen Nationalbibliografie;
detaillierte bibliografische Daten sind im Internet
über http://dnb.dnb.de abrufbar.

1. Auflage 2024
© 2024 Pia & Maze Bateham – alle Rechte vor-
behalten.
ISBN: 978-3-7693-1831-9
⊡ Pia M. Bateham - Autorin

Verlag: BoD · Books on Demand GmbH,
In de Tarpen 42, 22848 Norderstedt
Druck: Libri Plureos GmbH, Friedensallee 273,
22763 Hamburg

Meowy 1

Miau miau Miau miiau miau, Miauu miaau. Miau miau miiau miau miau, miau miaau miau miau miau.

»Miau miau miau miau.«

»Miau miau miau miau«, miau miau miau miau miau miau.

»Miau miauu miau miau miaau miiau miau.« Miau miau miau miau miau miau miau miau miau miau. Miau miau miau miau miau. Miau miau miau miau miau miau miau. Miau miau miau miau miau miau miau miau miau miau.

Miau miau miau miau. Miau miau miau miau miau miauu miau miau miau miau. Miau miauu miau miau miau miaau miau. Miau miau miau miau miaau miau miau miauu miau miau. Miiau miau miau miau miau. Miau miau miau miau miau miau miaau. Miau mimiau miau miau miau miau miau miau miau miau.

»Miau miau miau miau.« Miau miau miau miau miau miau Miau miau miau miau.

»Miau miau miau miau«, miau miau miau. Miau miau miau miau miau miau miau miau miau miau. Miaau miau miau miau miau. Miaau miau miiau mimiauu miau miau miauu. Miau miau miau miau miau miau miau miau miau miau.

Miau miau miau miau. Miau miau miau miau miau miau miau Miau miau miau. Miau miaau miau miaau miau miauu miau. Miau miau miau miau miau miau miiau miau miau miau.

»Miau miau miau miau miau«, miaute Miau miau miau miau.

»Miau miau miaau.« Miau miau miiau miau miauu miau miau miaau miau miau. Miau miau miau miau. Miau miau miau miau miau miau miau miau miau miau. Miau miau miau miau miau miau miau. Miau miau miau miau miau miau miau miau miau miau.

Miau miau miau miau miau. Miau miau miau miau miau miau miau. Miau miau miau miau miau miau miau miau miau miau. Miaau miau miau miau. Miau miau miau miau miau miau miau miau miau miau. Miiau miau miau miau miauu miau. Miau miau miau miau miau miau miau miau miau miau. Miau miau miau miau miau. Miaau miau miau miau miau miau miau. Miau miau miau miau miau miau miau miau miau. Miaau miau miau miau. Miau miau miau Miau miau miau Miau miau miau miau. Miau miau miau miau miau miau miau. Miau miau miau miau miau miau miau miau miau miau. Miau miau miau miau miau.

Miau miau miau miau miiau miau miau. Miau miau miaau miau miau miau miau miau miau miau. Miau miau miauau miauu. Miau miau miau miiau miau miau miauu miau miau miau. Miau miau miau miau miau miau miau. Miau miau miau miau miau miau miaau miau miau miau. Miau miau miau miau miau. Miau miau miau miau miaau miau miau. Miau miau miau miau miau miau miau miau miiau miauuu.

»Miau! Miiau miau.«

»Miau miau miau miau miau miau miau miau miau miau. Miau miau miau Miau«, miau miau miau. Miau miauau miau miau miau miau miiau miau miaau miau.

»Miau miau miau miau miau.« Miau miau miau miau miau miau miau. Miaau miau miau miau miau miau miauu miau miau miiau. Miau miau miau miau. Miau miau miau miaau miau miau miau miau miau miau. Miau miau miau miau miau miau miauiau. Miau miau miau miau miau miau miau miau miau miau. Miau miau miauu miau miau. Miau miau miiau miaau miau miau miau. Miau miau miau miau miau miau miau miau miau miau. Miau miau Miau miau.

Miau miau miau miau miau miau miau miau miau miau. Miau miau miau miau miau miau miau. Miau miau miau miau miiau miau miau miau miiau miau. Miau miau miau miau miau. Miaau miau miau miau miau miau miau. Miau miau miau miauu miau miau miauau miau miau miau.

Miau miau miau miau. Miau miau miau miau miau miaau miau miau miau miau. Miau miau miau miau miau miau miau. Miauu miau miau miau miau miau miau miau miau miau. Miau miau miau miau miau. Miau miuiau miau, miau miau miau miau. Miau miau miau miau miau miau miauu miau miau miau. Miau miaau miau miau. Miau miau miau miau miiau miau miau miau miau miau. Miau miau miau miau miau miau miau. Miau miau miau, miau miau miau miau miau miau miau. Miau miau miau miau miau. Miau miau miaau miau miau miau miau. Miau miau miau miau miau miau miau miau miau miau.

»Miau miau miau miau. Miau miau miau miau miau miau miau miau miau miau.«

»Miau miau miau miau miau miau miau«, miaau miau miau miau miau miiau miau miau miau miau. Miau miau miauu miau miau. Miau miau miau miau miau miau miau. Miau miau miau miau miau miau miau miau miau. Miau miau miau miau. Miau miau miau miau miau miau miau miau miau. Miau miau miau miau miau miau miau. Miauu miau miau miaau miau miau miau miau miau miau. Miau miau miau miau miau. Miau miau miau miau miau miau miau. Miau miau miau miau miau miau miau miau miau miau. Miau miau miau miau. Miau miau miau miau miau miau miau miau miau miau. Miau miau miau miau miau miau miau.

Miau miau miau miau miau miau miau miau miau miau. Miau miau miau miau miau. Miau miau miau miau miau miau miau. Miaauu miau miau miau miau miau miau miau miau miau. Miau miau miau miau. Miau miau miau miau miaau miau miau miau miiau miau. Miau miau miau miau miau miau miau. Miau miau miau miau miau miau miau miau miau miauau. Miau miau miau miauu miau. Miau miau miau mimiau miau miau miau. Miau miau miau miau miau miau miau miau miau miau.

Miau miiau miau miau. Miau miau miau miau miau miau miau miau miau miauu. Miau miau miau miau miau miau miau. Miau miau miau miau miau miau miau miau miau. Miau miau miau miau miau. Miaau miau miiau miau, miaau miau miau. Miau miau miau miau miau miau miau miau miau miau. Miau miau miau miau. Miau miau miaau miau miau miau miau miau miau miau. Miau miau miau miau miau miau miau. Miau miau miauu miau miiau miau miiau miauau miau miaau. Miauu miaau miau miau miau. Miau miau miau miau miau miau miau. Miaauu miau miau miaau miau miau miau miau miau miiau.

Miau miau miau miau! Miau miau miau, miau miau miau miau miau miau miau. Miau miiaau miau miau. Miau miauuu miau, miau miau miau miau miau miau miau.

»Miau miiau miau miauu miauu miau!«

Meowy 2

Miau miau miauau miau miauu miau miau miau miau miau. Miiau miau miau miau miau. Miau miau miau miau miau miau miau! Miau miau miau miau miau miau, miau miau miau miau. Miau miau miau miau. Miau miau miau miau miau miauu, miau miau miau miau! Miau miau miaau miau.

Miau miau miau miau miau miau miau miau miau miiaau. Miauu miau miau miau miau. Miau miau miaau miau miau miau miauu. Miau miau, miau miau miau miau miau miau miau miau. Miau miau miiau miaau. Miauu miau miau miau miau miau miau miau miau miau. Miau miau miau miau miau miau miau. Miau miau miau, miau miau miau miau, miau miau miau. Miau miau miau miau miau. Miau miau miau miau miau miau miau. Miau miau miau miau miau miau miau miau miau miau.

»Miau miaau miau miau. Miiau miau miauu miau miau miau miau miauau miau miau!«

»Miauu miau miau miau«, miau miau miau.

»Miau miiau.« Miau miau miau, miau miau miau miau miau. Miau miauu miau miau miau. Miaau miau miau miau miau miau miau. Miau miau miau miau miau miau miauu miau miau miau. Miau miau miau miau. Miauu miau miau miau miaiau miau miau miau miau miau. Miau miaau miau miau miau miau miau. Miau miau miiau miau miau miau miau

miau miau miau. Miau miau miau miau miàuu.
Miau miau miau miaau miau miau miau. Miau miau
miau miau miau miau miau miau miau miau.

Miau miau miau miau. Miau miau miau miau
miau miau miau miau miau miau. Miau miau miau
miau miau miau miau. Miiau miau miau miau, miau
miau miau miau miau miau. Miauu miau miau miau
miau. Miau miau miau miau miau miau miau. Miau
miau miau miiau miau miau miau miau miau miau.
Miau miau miau miau. Miau miau, miau miau miau
miau miau miau miau miau. Miau miau miau miau
miau miau miau. Miau miau miau miau miau miau
miau miau miau miau.

Miau miau miau miau miau. Miau miau miau
miau miau miau miau. Miau miauu miau miau miau
miau miau miaau miau miau. Miauau miau miau
miau. Miau miau miau miau miau miau miauu miau
miau miau.

Miau miau miau miau miau miau miau. Miau
miau miau miau miau miau miau miau miau miau.
Miau miiau miau miau miau. Miau miau miauu
miau miau miau miau. Miau miau miau miau miau
miau miau miau miau miau.

Miau miau miau miau. Miau miau miau miau
miau miaau miauu, miau miau miau. Miau miau
miau miau miau miau miau. Miau miau miau miau
miau miau miau miau miau miau. Miau miau, miau
miau miau. Miauu miau miau miiau miau miau

miau. Miau miau miauau miau miau miau miau miau miau miau. Miau miau miauu miau. Miau miau miau miaau miau miau miau miau miau miau. Miau miau miau miau miau miiau miau. Miau miau miau miau miau miau miau miau miau miau. Miau miau miau miau miau. Miau miau miau miau miau miau miau. Miaau miau miau miau miiau miau miau miau miau miau. Miauu miau miau miau.

Miau miau miau miau miau miau miau miau miau miau. Miau miau miau miau miau miau miau. Miau miau miau miau miau miau miau miau miau miau. Miau miau miau miau miau. Miau miau miau miau miau miau miau. Miau miau miau miau miau miau miau miau miau.

»Miau miau miau miau. Miau miau miau miau miau miau miau miau miau miau. Miau miau miau miau miau miau miau.«

»Miau miau miau miau miau miau«, miau miau miau miau. Miauu miau miau miau miau. Miau miau miau miau miau miau miau. Miau miau miau miau miau miau miau miau miau. Miau miau miau miau. Miau miau miau miau miau miau miau miau miau miau. Miau miau miau miau miau miau miau. Miau miiau miau miau miau miau miau miau miau miau. Miau miau miau miau miau. Miau miaau miau miau miau miau miau.

Miau miau miau miau miau miau miau miau miau miau. Miauu miau miau miau. Miau miau

miau miau miau miau miau miau miau miau. Miau
miau miau miau miau miau miau. Miauu miau miau
miau miau miau miiau miau miau miau. Miau miau
miau miaau miauui. Miau miau miau miau miau
miau miau. Miau miau miau miau miau miau miau
miau miau miau. Miau miauu miau miau. Miau
miau miau miau miau miau miau miau miau miau.
Miau miau miau miau miau miau miau. Miau miau
miau miau miau miiau miau miau miau miau. Miau
miau miau miau miau. Miau miau miau miau miau
miau miau. Miau miau miau miau miau miau miau
miau miau miaau. Miau miau miau miau. Miau
miau miau miau miau miau miau miau miau miau.

Miau miau miau miau miauu miau miau. Miau
miau miau miau miau miau miau miau miau miau.
Miau miau miau miau miau. Miau miau miau miau
miau miau miau.

Miau miau miau miau miau miau miau miau
miau miau. Miau miau miau miau. Miau miau miau
miau miau miau miau miau miau miau. Miau miau
miau miau miauu miau miau. Miau miau miau miau
miau miau miau miau miau miau. Miau miau miau
miau miau. Miau miau miaau miau miau miau
miau. Miau miau miau miau miau miau miauu miau
miau miau. Miau miau miau miau. Miau miau miau
miau miau miau miau miau miau miau. Miaau miau
miau miau miau miauuu miau. Miau miau miau
miau miau miau miau miau miau miau. Miau miau

miau miau miau. Miau miau miau miau miau miau miau.

Miau miau miau miau miau miau miau miau miau miau. Miau miau miau miau. Miau miau miau miau miau miau miau miau miau miau. Miau miau miau miau miau miau miau. Miau miau miau miau miau miau miau miau miau miau miau miau miau. Miau miau miau miau. Miauu miau miau miau miau miau miau. Miau miau miau miau miau miau miau miau miau miau. Miau miau miau miau.

Miau miau miau miau miau miau miau miau miau miau. Miau miau miau miau miau miau miau. Miau miau miau miau miau miau miau miau miau miau. Miau miiau miau miau miau. Miau miau miau miau miau miau miau. Miau miau miau miau miau miau miau miau miau. Miau miau miau miau. Miau miau miau miau miau miau miaau miau miau miau. Miau miau miau miau miau miau miau. Miau miau miau miau miau miau miau miau miau miau. Miau miau miaau miau miau.

»Miau miau miau miau miau miau miau.«

Miau miau miau miau miau miau miau miau miau miau. Miau miau miau miau. Miau miau miau miau miaauu miau miau miau miau miau. Miau miau miau miau miau miau miau. Miau miau miau miau miau miau miau miau miauu miau. Miau miau miau miau miau. Miau miaui miau miau miau miau miau. Miau miau miau miau miau miau miau miau

14

miau miau. Miau miau miau miau. Miau miau miau miau miau miau miau miau miau miau.

Miau miau miau miau miau miau miau. Miau miau miau miau miau miau miau miau miau miau. Miau miau miau miau miau. Miau miau, miau miau miau miau miau. Miau miau miau miau miau miau miiau miau miauu miau. Miau miau miau miau. Miau miau miau miau miau miau miau miau miau miau. Miau miau miau miau miau miau miau. Miau miau miau miau miau miauu miau miau miau miau. Miau miau miiau miau miau.

Meowy 3

Miau miau miau miau miau miau miau.

Miau miau miau miau miau miau miau miau miau miau. Miauu miau, miau miau. Miau miau miau miau miau miau miau miau miau miau. Miau miau miau miau miau miau miau. Miau miau miau miau miau miau miau miau miau miau. Miau miau miau miaau miau. Miau miau miau miau miau miau miau. Miau miau miau, miauu miau miau miau miau miau miiau. Miau miau miau miau. Miaau miau miau miau miau miau miau miau miau miau. Miau miau miau miau, miau miau miau. Miau miau miau miau miau miau miiau miau miau miau.

Miau miau miau miau miau. Miau miau miau miau miau miau miau. Miau miau miau miau miau miau miau miau miau miau. Miauu miau miau miau. Miau miau miau miau miau miau miau miau miau miau. Miau miau miau miau miaau miau miau. Miau miau miau miau miau miau miau miau miau miau. Miauu miau miau miau miau. Miau miau miau miau miau miau miau. Miau miau miau miau miau miau miau miau miau miau. Miau miau miau miau. Miau miau miau miau miau miau miau miau miau miau. Miau miiau miau miau miau miau miau. Miau miau miau miau miaumi miau miau miau miau miau. Miau miau miau miau miau.

Miau miau miau miau miau miau miau. Miau miau miau miau miau miau miau miau miau miau. Miau miau miau miau. Miiau miau, miau miau miau miau miau miau miau miau. Miau miau miau miau miau miau miau. Miau miau miau miau miau miau miau miau miaau miau. Miau miau miau miau miau. Miau miau miau miau miau miau miau.

»Miau miau miau miau miau«, miau miau miau miau miau. Miau miau miau miau. Miau miau miau miau miau miau miau miau miau miau.

»Miau miaau miau miau Miau miau miau.«

»Miau miauu miau!« Miau miau miau miau miau miau miau. Miau miau miau miau miau. Miau miau miau miau miau miau miau. Miau miau miau miau miau miau miiau miau miau miau. Miau miau miau miau. Miau miau miaau miau miau miauu miau miau miau miau. Miau miau miau miau miau miau miau. Miau miau miau miau miau miau Miau miau miau miau. Miau miau miaau miau miau. Miau miau miau miau miau miau miau. Miau miau miau miau miau miau miau. Miau miau miau miau. Miau miau miau miau miau miau miau miau miau miau. Miau miau miau miau miau miau miau. Miau miiau miau miau miau miau miau miau miau miau.

Miau miau miau miau miau. Miau miau miau miau miau miau miau. Miau miau miiau miau miau miau miau miau miau miau. Miau miau miau miau.

Miau miau miau miau miau miau miau miau miau
miau. Miau miau miau miau miau miau miau. Miau
miau miau miau miau miau miau miau miau miau.
Miau miau miau miau miau. Miau miau miau miau
miau miau miau. Miau miau miau miau miau miau
miau miau miau miau. Miauu miau miau miau.
Miau miau miau miau miau miau miau miau miau
miau. Miau miau miau miau miau miau miau. Miau
miau miau miau miau miau miau miau miau miau.

Miau miau miau miiau miau. Miau miau miau
miau miau miau miau. Miau miau miau miau miau
miau miau miau miau miau.

Miau miau miau miau. Miau miau miau miau
miau miau miau miau miau miau. Miau miau miau
miau miau miau miau. Miau miau miau miau miau
miau miau miau miaau miau. Miau miau miau miau
miau. Miau miau miau miau miau miau miaau.

»Miau miau miau miau miau miau miau miau
miau miau. Miau miau miau miau.«

»Miau miau miau miau miau miau miau miau
miau miau. Miau miau miau miau miau miau miau.
Miau miau miau miau miau miau miau miau miau
miau.« Miau miauu miau miau miau. Miau miau
miau miau miau miau miau. Miau miau miau miau
miau miau miau miau miau miau. Miau miau miau
miau. Miau miau miau miau miiau miau miau miau
miau miau. Miau miau miau miau miau miau miau.

Miau miau miau miau miau miau miau miau miau miau. Miau miau miau miau miau.

Miau miau miau miiau miau miau miau. Miau miau miau mia miau miau miau miau miau miau. Miau miau miaau miau. Miau miau miau miau miau miau miau miau miau miau. Miauu miau miau miau miau miau miau. Miau miau miau miau miau miau miau miau miau miau.

Miau miau miau miau miau. Miau miau miau miau miau miau miau. Miau miau miau miau miau miau miau miau miau miau. Miau miau miau miau. Miau miiaau miau miau miau miau miau miau miau miau. Miau miau miau miau miau miau miau. Miau miau miau miau miau miau miau miau miau. Miau miau, miau Miau miau. Miau miau miau miau miau miau mia. Miau miau miau miau miau miau miau miau miau miiau. Miau miau miau, miau. Miau miau miau miau miau miau miau miau miau miau. Miau miau miau miau miau miau miau.

Miau miau miau miau miau miau miau miau miau miau. Miau miau miau miau miau. Miau miau miau miau miau miau miau. Miau miau miau miau miau miau miau miau miau miau. Miauu miau miau miau. Miau miau miau miau miau miau miau miau miau miau.

Miau miau miau miau miau miau miau. Miau miau miau miiau miau miau miau miau miau miau. Miau miau miau miau miau. Miaui miau miau miau

miau miau miau. Miau miau miau miau miau miau miau miau miau miau. Miau miau miau Miauiu. Miau miau miau miau miau miau miau miau miau miau. Miau miaui miau miau miau miau miau. Miau miau miau miau miau miau miau miau miau miau. Miau miau miau miau miiau. Miau miau miau miau miau miau miau. Miau miau miau miau miau miau miau miau miau miau. Miau miau miau miau.

Miau miau miau miau miau miau miau miau miau miau. Miau miau miau miau miau miau miau. Miau miau miau miau miau miau miau miau miau miau. Miau miau miauu miau miau. Miau miau miau miau miau miau miau. Miau miau miau miau miau miau miau miau miau miau.

Miau miau miau miau. Miau miau miau miau miau miau miau miau miau miau. Miau miau miau miau miauu miau miau. Miauu miau miau miau miau miau miau miau miau miau. Miau miau miau miau miau. Miau miau miau miau miau miau miau. Miau miau miau, miau Miau miau miaui miau miau miau. Miau miau miau miau. Miau miau miau miau miau miaau miau miau miau miau. Miau miau miau miau miau miau miau. Miau miau miau miau miau miau miau miau miau miau. Miau miau miau miau miau. Miauu miau miau. Miau miau miau miau miau. Miau miau miau miau. Miau miiau miau miau miau miau miau miau miau miaui.

Meowy 4

»Miau miau!«, miau miaui Miau miiau miau.

»Miau miau miau miau miau miau miau miau miau miau. Miau miau miau miau miau.«

Miau miau miau miau miau miau miau. Miau miau miau miau miau miau miau miau miau miau. Miau miau miau miau. Miau miau miau miau miau miau miau miau miau miau. Miau miau miau miau miau miau miau. Miau miau miau miau miau miau miau miau miau miau. Miaau miau miau miau miau. Miau miau miau miau miau miau miau.

Miau miau miau, miau miau miau miau miau miau miau. Miau miau miau miau. Miau miau miau miau miau miau miiau miau miau miau. Miau miauu miaau miau miaau miau miau. Miau miau miau miau miau miau miau miau miau miau. Miau miau miau miau miau. Miiau miau miaau miau miau miau miau. Miau miau miau miiau miau miau miau miau miau miau. Miau miau miauu miau. Miau miau miau miau miau miau miau miau miau miau. Miau miau miau miau miau miau miau. Miau miau miau miau miau miauu miau miau miau miau. Miau miau miau miau miau. Miau miau miau miiau miau miau miau.

Miau miau miau miau miau miau miau miau miau miau. Miia miau miau miau. Miau miau miau miau miau miau miau mia miau miau. Miau miau

miau miau miau miau miau. Miau miau miau miau miau miau miau miau miau miau. Miiau miau miau miau miau. Miau miau miau miau miau miau miau. Miau miau miau miau miau miau miau miau miau miau. Miauu miau miau miau. Miau miau miau miau miau miau miau miau miau miau. Miau miau miau miau miau miau miau.

Miau miau miau miau miau miau miau miau miau miau. Miau miau miiau miau miau. Miau miau miau miau miau miau miau. Miau miau miau miau miau miau miau miau miau miau. Miau miau miau miau. Miau miaau miau miauu, miau miau miau miau miau miau. Miau miau miau miau miau miau miau. Miau miau miau miau miau Miau miau miau miau miau. Miau miau miau miau miau. Miau miau miau miau miau miau miau.

Miau miau miau miau miau miau miau miau miau miau. Miau miau miau miau. Miau miau miau miau miau miau miau miau miau miau. Miau miau miau miaau miau miau miau. Miau miau miau miau miau miau miau miau miau miau. Miau miau miau miau miau. Miau miau miau miau miau miau miau. Miau miau miau miau miau miau miau miau miau miau. Miau miau miau miau. Miau miau miau miau miau miau miau miau miau miau miau. Miau miau miau miau miau miau miau. Miau miau miau miau miau miau miau miau miau miau miau miau miau.

Miau miau miau miau miau. Miau miau miau miau miau miau miau. Miau miau miau miau miau miau miau miau miau miau. Miau miau miau miau. Miau miau miau miau miau miau miau miau miau miau. Miau miau miau miau miau miau miau. Miau miau miau miau miau miau miau miau miau miau. Miau miau miau miau miau. Miau miau miau miau miau miau miau. Miau miau miau miau miau miau miau miau miau miau. Miau miau miau miau.

Miau miau miau miau miau miau miau miau miau miau. Miau miau miau miau miau miau miau. Miau miau miau miau miau miau miau miau miau miau. Miau miaau miau miau miau. Miau miau miau miau miau miau miiau. Miau miau miau miau miau miau miau miau miau miau. Miau miau miau miau. Miau miau miau miau miau miau miau miau miau miau. Miau miau miiau miaaui. Miauu miau miau miau miaau miau miau miau miau miau. Miau miau miau miau miau miauu miau. Miau miau miau miau miau miau miau miau miau miau. Miau miau miau miau miau. Miau miaau miau miaau miau miau miauu.

Miau miau miau miau miau miau miau miau miau miau. Miau miau miau miaaui. Miau miau miau miau miau miau miiau miiau miau miau. Miau miau miau miau miau miau miau. Miau miau miau miau miau miaau miau miau mia miau. Miaui mia miau miau miau. Miau miau miau miau miau miau

miau. Miau miau miau miau miau miau miau miau miau miau. Miau miau miau miau. Miaau miauu miau miau miiau miau miau miaau miau miau. Miau miau miau miau. Miau miaui miau miau miau miau miau miau miau.

Miau miau miau miau miau. Miau miau miau miau miaau miau miau. Miau miau miaau miau miiau miau miau miau miau miauu. Miau miau miau miau. Miau miau miau miau miau miau miau miau miau miau. Miau miau miau miau miau miau miau. Miau miau miau miau miau miau miau miau miau miau. Miau miaui, miaui mia miau. Miau miau miau miau miau miau miau. Miau miau miau miau miau miau miau miau miau. Miau miiau miau miau.

Mimiau miauu miau miau miau miau miau miau miau miau. Miau miau miau miau miau miau miau. Miau miau miau miau miau miau miau miau miau miau. Miau miau miau miau miau. Miiau miau miau miau miau miau miauu. Miau miau miau miau miau miau miaau miau miau miau. Miau miau miau miau. Miau miau miau miau miau miau miau miau miau miau.

Meowy 5

Miauu miau miau miau miau miau miau. Miau miau miau miau miau miiau miau miau miau miau. Miau miau miau miau. Miaau miau miau miaiu miau miau miau miau miau miau.

Miau miau miau, miau miau miau miau. Miau miau miau miau miau miau miau miau miau miau. Miau miauu miau miaau miiau. Miau miau miau miau miau miau miau. Miau miau miau miau miau miau miau miau, miau miau. Miau miau miau miau. Miau miau miau miau miau miau miau miau miau miau. Miau miau miau miau miau miau miau.

Miau miau miau miau miau miau miau miau miau miau. Miau miau miau miau miau. Miau miau miau miau miau miau miau. Miau miau miau miau miau miauu miau miau miiau miau. Miau miau miau miau. Miau miau miau miau miaau miau miau miau miau miau. Miau miiau miau miau miau miau miau. Miau miaauu miau miauau miau miau miau miau miau miau. Miau miau miau mia miau. Miau miau miau miau miau miau miau. Miau miau miau miau miau miau miau miau miau. Miau miau miau miau. Miaau miau miau miau miau miau miau.

Miau miau miau miau miau miau miau. Miau miau miau miau miau miau miau miau miau miau. Miau miau miau miau miau. Miau miau miau miau

miau miau miau. Miau miau miau miau miau miau
miau miau miau miau. Miau miau miau miau. Miau
miau miau miau miau miau miau miau miau miau.
Miau miau mia miau miaau miau miau. Miau miau
miau miau miauu miau miau miau miau miau. Miau
miau miau miau miau. Miau miau Miau miau miau
miau miau. Miau miau miau miau miau miau miau
miau miau miau. Miau miau miau miau. Miau miau
miau miau miau miau miau miau miau miau. Miau
miau miau miau miau miau miau.

»Miau miau miiau miau, miau miauu miaau
miiau miau miau. Miau miau miau miau miau.«

»Miau miau miau«, miau miau miau miau.

Miau miau miau miau miau miau miau miau
miau miau. Miau miau miau miau. Miau miau miau
miau miau miau miau miau miau miau. Miau miau
miau miau miiau miau miau. Miau miau miau miau
miau miau miau miau miau miau. Miau miau miau
miau miau. Miauu miau miau miau miau miau
miau. Miau miau miau miau miau miau miau miau
miau miau. Miau miau miau miau. Miau miau miau
miiau miau miau miau miau miau miau. Miau miau
miau miau miau miau miau. Miau miau miau miau
miau miau miau miau miau miau.

Miau miau miau miau miau. Miau miau miau
miau miau miau miau. Miauu miau miau miau miau
miau miauu miau miau miau. Miau miau miau
miau. Miau miau miau miau miau miaau miau miau

miau miau. Miau miau miau miau miau miau miau. Miau miau miau miau miau miau miau miau miau miau. Miau miau miau miau miau. Mia Mauu miau miau miau miau miau. Miau miau miau miau miau miau miau miau miau miau.

Miau miau miau miau. Miau miau miau miau miau miau miau miau miau miau. Miau mau miau miau miau miau miau. Miau miau miau miau miau miau miau miau miau. Miau miau miau miau miau. Mia miau miau miau miau miau miau. Miau miau miau miauu miau miau miaau miau miau miau. Miau miaau miiau miau. Miau miau miau miau miau miau miau miau miau miau. Miaau miau miau miauu miaumiau miau. Miau miau miiau miau miau miau miauu miau miau miau. Miau miau miau miau miau. Miau miau mimiau.

Miau miau miau miau miau miau miau miau miau miau. Miau miau miau miau. Miau miau miau miau miau miaau miau miau miau miau. Miau miau miau miau miau miau miiau. Miau miau miau miau miau miau miaiau miau miau miau. Miau miau miau miau miau. Mia miau miau miau miau miau miau. Miau miau miau miau miau miau miau miau miau miau. Miau miau miau miau. Miau miau miau miau miau miau miau miau miau.

Miau miau miau miaumiau miau miau. Miau miau miau miau miau miau miau miau miau miau. Miau miau miau miau miau. Miau miau mau miau

miau miau miau. Miau miau miau miau miau miau miau miau miau miau. Miau miau miau miau. Miau miau miau, miau miau miau miau miau miau miau. Miau miau miau miaau miau miau miau. Miau miau miau miau miau miau miau miiau miau miau. Miau miau miau miau miau. Miau miau miau miau miau miau miauu. Miau miau miau miau miaau miiau miau miau miau miau. Miau miau miau miau.

Miau miau miau miau miau miau miau miau miau miau. Miau miau miau miau miau miau miau. Miau miau miau miau miau miau miau miau miau miau. Miau miau miau miau miau. Miau miau miau miau miau miau mimiau. Miau miau miau miau miau miau miau miau miauau miau. Miau miau miau miau. Miau miau miau miau miau, miau miau miau miau miau. Miau miau miau miau miau miau miau. Miau miau miau miau. Miau miau miau miau miau miau. Miau miau miau miau miau. Miau miau miau miau miau miau miau. Miau miau miau miau miau miau miau miau miau miau.

»Mia miau miiau miau. Miau miau miau miau miau miau miau miau miau miaau. Miau miau miau miau miau miau mia.« Miau miau miau miau miau miau miau miau miau miau.

»Miau miau miau miau miauu. Miau miau miau miau miau miau miau. Miau miau«, miau miau miau miau miiiau miau miau miau. Miaauu miau miau miau.

Miau miau miau miau miau miau miau miau miau miau. Miauu miau miau miau miau miau miau. Miau miau miau miaau miau miau miau miau miau miau. Miau miau miau miau miau. Miau miau miau miau miau miau miau. Miau miau miau miau miau miau miau miau miau miau. Miau miau miau miau. Miau miau miau. Mia miau miiau miau. Miau miau miauau miauu miau miau miau miaau miau miau. Miau miau miau miau miau. Miau miiau miau miau miau miau miau.

Miau mia miau miau miau miau miau miau miau miau. Miau miau miau miaau. Miau miau miau miau miau miau miau miau miau miau. Miau miau miau miau miau miau miau. Miau miau miau miau miau miau miau miau miau miau. Miau miau miau miau miau. Miaau miau miau miau miau miau miau. Miau miau miau miau miau miau miau miau miau miau. Miau miau miau miiau. Miau miau miau miau miau miau miau miau miau miau. Miau miau miau miau miau miauu miau. Miau miau miau miau miau miau miau miaau miau miau.

Miau miau miiau miau miau. Miau miau miau miau miauu miai miau. Miau miau miau miau miau miau miau miau miau miau.

Meowy 6

Mau miau miau mia. Miau mau miau miau miau miau mia miau miau miau. Miau miau miau miau miau miauu miau. Miau miau miau miau miau miau miau miau miau miau. Miau miau miau miau miau. Miau miau miau miau miau miiau miau. Miau miau miau miau miau miau miau miau miau miau. Miau miau miau miau miauu. Miau miau miau miau miau miau miau miau miau miau. Miau miau miaau miau miau miau miau. Miau miau miau miau miau miau miau miaau miau miau. Miau mau miau miau miau. Miau miau miau miau miau miau miau.

»Miau miau miau miau miau miiau miau miau miau miau. Miau miau miau miau. Miau miau miau miau miau miau miau miau miau.«

»Miau miau miau miau miau miau miiau. Miau miau miau miau miau miaau miau miau miau miau. Miau miau miau miau miau.«

Miau miaau miau miau miau miau miau. Miau miau miauu miau miau miau miau miau miau miau. Miau miau miau miau. Mia miau miau miau miau miau miau miau miau miau. Mau miau miau miau miau miau miau. Miau miau miau miau miau miau miau miau miau miau. Miauu miau miaau miau miau. Miau miau miau miau miau miau miau. Miau miau miau miau miau miau miiau miau miau miau. Miau miau miau miau.

Miau miauu miau miau miau miau miau miau
miau miau. Miau miau miau miaau miau miau
miau. Miau miau miau miau miau miau miau miau
miau miau. Miau miau miau miau miau. Miau miau
miau miiau Miau miau miau. Miau miau miau, miau
miau miau miau. Miau miau miau miau. Miau miau
miau miau miaau miau miau miau miau miau. Miau
miau miau miiau miau miau miau. Miau miau miau
miau miau miau miau miau miau miau. Miaau miau
miau miau miauau.

Miau miau miau miau miau miau miau. Miau
miau Miaau miau miau miauu. Miau miau miau
miau. Miau miau miau miau.

Miau miau miau miau miau miau miau miau
miau miau. Miau miau miau miau miau miaau
miau. Miau miau miau miiau miau miau miau miau
miau miau. Miau miau miau miau miau. Miau miau
miau miaau miau miau miau. Miau miau miauu
miau miau miau miau miau miau miau. Miau miau
miau miau. Miau miau miau miau miau miau miau
miau miau miau. Miaau miau miau miau miau miau
miau. Miau miau miau miau miau miau miau miau
miau miau. Miau miauu miau miau miau.

»Miau miau miau miau miau miau miau. Miau
miau miau miau miau miau miau miau miau miau.
Miau miau miau miau.« Miaau miia miau miau
miau miau miau miau miau miau.

Miauu miau miau miau miau. Miau miau miau miau miuau miau mia miau miau miau. Miauu miau miau miiau miau. Miau miau miau miaau miau miau miau.

»Miau miau miau miau miau«, miau miau miau miau miau. Miau miau miau miau.

»Miau miau miau miau miau miau miau miau miau miau.« Mia miau miau miau miau miau miau. Miau miau miau miau miau miau miau miau miau miau. Miau miau miiau miau miau. Miau miauu miau miau miau miau miau. Miau miau miau miau miau miau miiau miau miaau.

Mau miau miau mia.

Miau miau miau miau miau miau miau miau miau miau. Miau miau miau miau miau miau miau. Miau miau miau miau miau miaau miau miau miau miau. Miau miau miau miau miau. Miau miau miau miau miau miau miau. Miau miau miau miau miau miau mia mia mau miau miau. Miau miau miau miau. Miau miau miauu miau miau miau miau miau miau miau. Miau miau miau miau miiau miau miau. Miau miau miau miau miau miau miau miau miau miau.

Miau miau miau miau miau. Miau miau miau miau miau miau miau. Miau miu miau miau miau miau miau miau miau miau. Miau miau miau miau. Miau miaau miau miauu miau miau miau miau miau miau. Miau miau miau miau mau miau.

»Miau miau miau miau miau miau miau miau miau miau. Miau miau miau miau miau.«

»Miau miauu miau miau«, miau miau miau.

»Miau miau miau miau miau miau miau miau miau miau. Miau miau miau miau.«

»Miau miau miau miau miau miau miau miau miau miau.« Miau miau miau miau miau miau miau. Miau miau miau miau miau miiau miau miau miau miauu. Miau miau miau miau miau. Miau miau miau miau miau mia miau. Miau miau miau miau miau miau miau miau miau miau. Miau miau miau miau. Miau miau miau miau miau miau miau miau miau mau. Miauu miau miau, miaiau miau miau miau. Miau miauu miau miau miau miau Miau miau miau miau. Miau miau miaau miau miau.

Miau miaau miau miau miau miau miau. Miau miau miau! Miau miau miau miau miau miau miau. Miau miau miau miau. Miau miiau miau miau miau miau miau miau miau miau. Miau miau miau miau miau miau miau. Miau miau miau miau miau miau miau miau miau miau! Miau miau miau miau miau. Miau miau miau miau miaau miau miau. Miau miau miau mia miau miau miau miau miau miau. Miau miau miau miau. Miau miau miau miau miau miau miau miau miau miau.

Miau miau miau miau miau miau miau. Miau miau miau miau miau miau mia mia miau miau miau. Miau miau miau miau miau. Miau miau miau

miau miaau miau miau. Miau miau miau miau miau miau miau miau miau miau. Miau miau miau miau. Miau miauau miau miau miau miau miau miau miau miau. Miau miau miauu miau. Miau miau miau miau miau miau miau miaau miau miau. Miau miau miauu miau miau.

Miau miau miau miau miau miau miau. Miau miau miau Mia miau miau miau miau miau miau. Miau miau miau miau. Miau miau miau miau miau miau miau miau miau miau. Miau miau miau miau miau miau miau. Miau miau miau miau miau miaau miau mia miau miau. Miau miau miau miau miau. Miau miau miau miau miau Mia miau. Miau miau miau miau miau miau miau miau miau miau. Miau miau mauu miau. Miau miau miau miau miau miau miau miau miau miau. Miau miau miau miau miau miau miau. Miau miiau miau miau miiau miauu miau miau miau miau. Miaau miau miau miau miau. Miau miau miau miau.

Miau miau miau miau miau miau miau miau miau miau. Miau miau miau miau. Miau miau miau miau miau miau miau miau miau miau. Miau miau miau miau miau miau miau. Miaau miau miau miau miau miau mia Mia mau miau miau miau. Miau miau miau miau miau.

Miau miau miau miau miau miau miau. Miau miau miau miau miau miau miau mia miau miau miau. Miau miau miau mau. Miau miau miau miau miau

miau miau miau miau miau. Mau Miau miau miau miau miau miau miau. Miau miau miau miau miau miau miau miau miau miau. Miau miau miau miau miau. Miau miau Mia miau miau miau miau.

»Miau miau miau miau miau miau miau miau miau miau. Mau miau miau miau.« Miau miau miau miau miau miau miau miau miau miau. Miau miau miau miau miaau miau miaui miau. Miau miaau miau miau miau miau miau miau miauu miau. Miau miau miau miau Mia mau miau.

Meowy 7

Miau miau miau miau miau miau miau. Miau miau miau miau miau miau miau miau miau miau. Miau miau miiau miau. Miau miau miau miau miau miau miau miaau mia mau. Miiau miau miau miau miau miau miau. Miauu miau miau miau, miau miau miau miau miau miau. Miau miau miau miau miau. Miau miau miau miau miau miau miau. Miau miau miau miau miau miau, miau miau miau miau. Miau miau miau miau. Miau miau miau miau miau miau miau miau miauu miau. Miau miau miau miau miau miau miau. Miau miau miau miau mau miaau miau miau miiau miau. Miau miau miau miau miau. Miau miau miau miau miau mia miau.

Miau miau miau miau miau miau miau miau miau miau. Miau miau miau miau.

Miau miau miau miau miau miau miau miau miau miau. Miau miau miau miau miau miau miau. Miau miau miau miau miau miiaau miauu miau miau miau. Miau miau miau, miau miau. Miau miau miau miau miau miau miauu. Miau miau miau miau miau miau miau miau miau miau. Miau miau miau miau. Miau miau miau miau miau miau miau miau miau miau. Mia miau miau miiau miau miau miau. Miau miau miau miau miau miau miau miau miau miau. Miau mia miau miau mau miauu Miau.

Miau miau miiau miau miau miau miau. Miau
miau miau miau miau miauu miau miau miau miau.
Miau miau miau miau. Miau miau miau miau miau
miau miau miau miau miau. Miau miau miau miau
miau miaau miau. Miau miau miau miau miau miau
miau miau miau miau.

»Miau miau miau miau miau. Miau miau miau
miau miau miau miau. Miau miaau miau miau miau
miau miau miau miau miau.«

»Miau miau miau miau.«

»Miau miau«, miau miau miau miau miau miau
miau miau. Miau miau miau miau miau miau miau.
Miau miau miau miau miau miau miau miau miau
miau. Miau miau miau miau miau.

Miau miau miau miau miau miau miau. Miau
miau miau miau miau miau miau miau miau miau.
Miau miau miau miau. Miau miau miau miau miau
miau miau miau miau miau. Miau miau miau miau
miau mau miau. Miau miiau miau miau miau miau
miau miau miau miau. Miau miau maui miau miau.
Miau Mia miau miau miau miau miau. Miau miau
miau miau miau miau miau miau miau miau.

Miau miaau miau miau. Miau miau miau miau
miau miau miau miau miau miau. Miau miau miau
miau miau miau miau. Miaui miau miau miau miau
miau miau miau miau miau.

Miau miau miau miau miau. Miau miau miau
miau miau miau miau. Miauu miau miaau miau

miau miau miaau, miau miau miiau. Miau miau miau miau. Miau miau mau miau miau miau miau miau miau mia. Miau miau miau miau miau miau miau. Miau miau miau miaau miau miau miau miau miau miau. Miau miau miau miau miau. Miau miau miau miau miiau miau miau. Miau miau miau miau miau Miiau miau miau miau miau. Miau miaau miau miauu!

Miau miau miau miau miau miau miau miau miau miau. Miau miau miau miau miau miau miau. Miau miau miau miau miau miau miau miau miau miau. Miau miau miau miau miau. Miau miau miau miau miau miau miau. Miau miau miau miau miau miau miau miau miau. Miau miau miau miau. Miau miau miau miau miau miau miau miau miau miau. Miau miau miau miau miau miau miau. Miau miau miau miau miau miau miau miau miau miau. Miau miau miau miau miau. Miau miau miau miau miau miau miau. Miau miau miau miau miau miau miau miau miau miau. Miau miau miau miau.

Miau miau miau miau miau miau miau miau miau miau. Miau miau miaau miau miau miau miau. Miau miau miau miau miau miau miau miau miau miau. Miiau miau miau miau miau. Miau miau miau miaau miau miau miau. Miau miau miau miau miau miau miau miau miau miau. Miia miau miau miau. Miau miau miau miau miau miau miau miau miau miau. Miau miau mau miau miau miau miau.

Miau miau miau miau miau miau miau miau miau miau. Miauu miau miau miau miau. Miau miau miau miau miau miau miau. Miau miau miau miau miau miau miau miau miau miau. Miau miau miau miau. Miaau miau miau miiau miau miaau miau miau miau miau. Miau miau miaau miau miau miau miau. Miau miau miau miau miau miau miau miau miau miau. Miau miau miau miau miau. Miau miau miau miaau miau miau miau. Miau miau miau miau miau miau miau miau miau miau.

Miau miau miau mia. Miau miau miau miau miau miau miau miau miau miau. Miau miau miau miau miau miau miau. Miau miau miau miau miau miau miau miau miau mauu. Miau miau miau miau miau. Miau miaau miau miau miau miau miaau. Miau miau miau, miau miau miau miau miau miau miau. Miau miau miau miau. Miau miau miau miau miau miau miau miau miau miau. Miau miau miau miau miau miau miau.

»Mia mau miau, miau miau miau. Miau miau miau miau.« Miau miau miau miau miau. Miau miau miau miau miau miau miau. Miau miau miau miau miau miau miau miau miau. Miau miau miau miau. Miauu miau miau miau miau miau miau miau miau miau.

Miau miiau miau miau miau miau miau. Miau miau miau miau mia, miau miau miau miau miau. Miau miau miau miau miau. Miauu miau miau miau

miau miau miau. Miau miau miau miau miau miau
miau miau miau miau. Miau miau miau miau. Miau
miau miau miau miau miaau miau miau miau miau.
Miau miau miau miau miau miau miau. Miau miau
miau miau miau miauu miau miau miau miau miau.
Miau miau miau miau miau miau miau miau miau
miau.

»Miau miau. Miau miau miau miau miau miauu
miau miau miau miau. Miau miau miau miau miau
miau miau. Miau miau miau miau miau miau miau
miau miau miau.«

»Mau miau miau miau«, miau Miau miau.

»Miau mia miau miau miau. Miau miau miau
miau miau miau miau miau miau miau.« Miau miau
miau miau. Miau miau miau miau miau miauu miau
miau miau miiau. Miau miau miau miaau miau
miau. Miau miau miau miau miau miau miaau miau
mia miau. Miau miau. Miau miau miau miau miau
miau miau. Miau miau miau miau miau miau miau
miau miau miau. Miau miau miau miau. Miau miau
miau miau miau miau miau miau miau miau. Miau
miau miau miau miau miau miau. Miau miau miau
miau miau miau miau miau miau miau miau.

Miau miau miau miau miau. Miau miau miau
miau miau miau miau. Miau miauu miau miau miau
miau miau miau miau miaau. Miau miau miau
miau. Miau miaui miau miau miau miau miau miau
miau miau. Miau miau mau miau miau mia miau.

Miau miau miau miau miaui miau miau miau miau miiau. Miau miaau miau miau miau. Miau miau miau miau miau miauu miau. Miau miau miau miau miau miau miau miau miau miau. Miau miau miau miau. Miau miau miau mau miau miau miau miau miau miau. Miau miau miau miau miau miau miau. Miau mia miau miau miau miau miau miau miau miau.

Miau miau miau miau miau. Miau miau miau miau miau miau miau. Miaau miau miau miau miau miau miau miauu miau miau. Miau miau miau miau. Miau miau miau miau miau miau miau miau miau miau. Miau miau miau miau mia miau miau. Miau miau miau miau miau miau miau miau miau miau. Miau miau miau miau miau.

Miau miaau miaui miau miau miau miau. Miau miau miau miau miauu miau mau miau miau miau. Miau miau mia miau. Miau miau miau miau miau miau miau miau miau miau. Miau miau miau miau miau miau miau. Miau miau miau miau miau miau miau, miau miaau miau. Miau miau miau miau miau. Miau miau miau miau miau miau miau. Miau miau miau miau miau miau miau miau miau miau. Miau miau miau miau. Miau miau miau miau miau miau miau miau miau miau.

Miau miau miau miau miau miau miau. Miau miau miau miau miau miau miau miau miau miau miau.

Miau miau miaau miau mia. Miau mau miau miau miau miauu miau.

Miau miau miau miau miau miau miau miau miau miau. Miau miau miau miau. Miau miau miau miau miau miiau miau miau miau miau. Miau miau miau miau miau miau miaau. Miau miau miau miau miau miau miau miau miau miau. Miau miau miau miau miau. Mau mia miau miau miau miau miau. Miau miau miau miau miau miau miau miau miau miau. Miau miau miau miau.

Miau miau miau miau miau miau miau miau miau miau. Miau miau miau miau miau miau miau. Miau miau miau miau miau miau miau miau miau miau. Miau miau miiau miau miau. Miau miau miau miau miau miau miau. Miau miau miau miau miau miau miau miaau miau miau. Miau miau miau miau. Miau miau miau miau miau miau miau miau miau miau.

Miau miau miau miau miau miau miau. Miau miau miau miau miau miau miau miau miau miau. Miau miau miau miau miau. Miau miau miau miau miau miau miau. Miau miau miau miau miau miau miau miau miau miau. Miau miau miaau miau. Miau miau miau miau miau miau miau miau miau miau. Miau miau miiau miau miau miau mia. Miau miau miau miau miau miau miau miau miau miau. Miau miau miau miau miau. Miau miau miauu miau miau miau miau. Miau miau miau miau miau miau

miau miau miau miau. Miau miau miau miau. Miau miau miau miau miau miau miau miau miau miau. Miau miau miau miau miau miau miau. Miau miau miau miau miau miau miau miau miau miau. Miau miau miau miau miau.

Miau miau miau miau miau miau miau. Miau miau miaau miau miau miau miau miau miau miau. Miau miau miau miau. Miau miau miau miau miau miauu miau miau miau miau. Miau miau miau miau miau miau miau. Miau miau miau miau miau miau miau miiau miau miau. Miau miau miau miau miau. Miau miau miaau miau miau miau miau. Miau miau miau miau miau miau miau miau miau miau. Miau miiau miau miau. Miau miau miau miau miau miau miau miiiau miau miau. Miau miau miau miau miau mia miau. Miau miau miau miau miau miau miau miau miau miau. Mia miau miau miau miau. Miau miau miau miau miau miau miau. Miau miau miau miau miau miau miau miau miau.

Miau miau miau miau. Miau miau miau miau miau miau miau miau miau miaui. Miau miau miau miau miau miau miau. Miau miau miau miau miau miau miaau miau miau. Miau miau miau miau miau. Miau miau miau miau miau miau miau. Miau miau miau miau miau miau miau miau miau. Miau miau miau miau.

»Miau miau miau miau miau miau miau miau miau miau.« Miau miaau miau miau miau miau

miau. Miau miau miau miau miau miau miau miau miau miau. Miau miau miau miau miau. Miau miau miau miau mia miau miauu. Miau miau miau miau miau miau miau miau mia miau.

Miau miau miau miau. Miau miau miau miau miau miau miau miau miau miau. Miau miau miau miau miau miau miau. Miau miau miau miau miau miau miau miau miau miau. Miau miau miau miau miau. Miau miau miau miau miau miau miau. Miau miau miau miau miau miau miau miau miau. Miau miaau miau miau. Miau miau miau miau miau miau miau miau miau miau. Miau miau miau miau miau miau miiau. Miau miau miau miaau miau miau miau miau miau miau. Miaui miau miau miau miau. Miau miau miau miau miau miau miau. Miau miau miau miau miau miau miau miau miau miau. Miau miau miau miau. Miauu miau miau miau miau miau miau, miau miau miau. Miau miau miau miau miau miau miau.

Meowy 8

Ma miau mau miau miau mia miaui. Miau miau miau miau miau miau miau miau miau miau. Miau miau miau miau. Miau miau miau miau miau miau miau miau miau miau. Miau miau miau miau miau mau miau. Miaau miau miau miau miau miau miau miau miau miau. Miau miau miau miau miau. Miau miau miau miau miau miau miau.

Miau miau miau miau miau miau miau miau miau miau. Miau miau miau miau.

»Miau miau miau miau, miau miau miau miau miau mau.«

»Miau miau miau miau miau miau miau. Miau miau miau miau miau miau miau miau miau. Miau miau miau miau miau.«

»Miau miau miau miau miau miau miau. Miau miau miau miau miau miau miau miau miau miau.« Miau miau miau miau. Miau miau miau miau miau miiau miau miau miau miau. Miau miau miau miau mia miau miau. Miau miau miau miau miau miau miau miauu miau miau. Miau miau miau miau miau. Mau miau miau miau miau miau miau. Miau miau miau miau miau miau miau miau miau miau. Miau miau miau miau. Miau miau miau miau miau miau miau miiiau miau miau. Miau miau miau miau miauu miau miau.

Miau miau miau mau miau miau miau miau miau miau. Miau miau miau miau miau. Miau miau miau miau miau mau miau. Miau miau miau miau miau mia miau miau miau miau. Miau miau miau miau. Miau miau miau miau miau miau miau miau miau miau. Miau miau miau miau miau miau miau. Miau miau miau miau miau miau miau miau miau miau. Miau miau miau miau miau. Miau miau miau miau miau miau miau. Miau miaau miau miau miau miau miau miau miauu miau. Miau miau miau miau. Miaau miau miau miau miau miau miau miau miau miau. Miau miau miau miau miau miau miau. Miau miau miaui miau miau miau miau miau miau miau. Miau miau miau miau miau.

Miau miau miau miau miau miau miau. Miau miau miau miau miau miau miau miau miau miau. Miau miau miau miau. Miau miiaau miau miau miau miau miau miau miau miau.

Miau miau miau miau miau miau miau. Miau miau miau miau miau, miau miau miau miau miau. Miau miau miau miau miau. Miau miau miau miau miau miau miau. Miau miau miau miau miau miau miau miau miau miau. Miau miau miau miau. Miau miau miau miau miau miau miau miau miau. Miau miau miaau miau miau miau miau. Miau miau miau miau miau miau miau miauu miau miau. Miau miau miau miau miau. Miau miau miau miau miau miau miau. Miau miaau miau miau miau miau miau

miau miau miau. Miau miau miau miau. Miau miau miau miau miau miau miau miau miau miau. Miau miau miau miau miau miau miau.

Miau miau miau miau miau miau miau miau miau miau. Miau miau miauu miau miau. Miau miau miau miau miau miau miau. Miau miau miau miau miau miau miau miau miau miau. Miau miau miau miau. Miaau miau miau miau miau miau miau miau miau miau.

Meowy 9

»Miau miau miau miau miau miau miau. Miau miau miau miau miau miau miau miau miau miau. Miau miau miau miau miau.«

»Mia, miau miau miau miau! Mia miau.«

»Miau miiau miau miaau«, miau miau miau miau miau miau. Miau miau miau miau.

»Miau miau miau miau miau miau miau miau miau miau. Mau miau miau miau miau miau miau.«

Miau miau miau miau miau miau miau miau miau miau. Miau miau miau miau miau. Miau miau miau miau miau miau miau. Miau miau miau miau miau miau miau miau. Miau miau miau miau. Miau miau miau Mau miau miau miau miau miau miau. Miau miau miau miau miau miau miau. Miau miau miau miau miau miau miau miau miau miau. Miau miau miau miau miau. Miau miau miau miau miau miau miau. Miau miau miau miau miau miau miau miau miau miau miau.

Miau miau miauu miau. Miau miau miau miau miau miau miau miau miau miau. Miau miau miau miau miau miau miau. Miau miau miau miau miau miau miau miau miau. Miau miau miau miau miau. Miau miaau miau miau miau miau miau. Miau miau miau miau miau miau miau miau miau miau. Miau miau miau miiau. Miau miau miau miau

miau miau miau miau miau miau. Miau miau miau miau miau miau miau.

Miau miau miau miau miau miau miau miau miau miau. Miau miau miau miau miau. Miau miau miau miau miau miau miau. Miau miau miau miau miau miau miau miau miau miau miau miau. Miau miau miau miau. Miau miau miau miau miau miau miau miau miau miau. Miau miau miau miiau miau miau miau. Miau miau miau miau miau miau miau miau miau miau. Miau miau miau miau miau.

Miau miau miau miau miau miau miau. Miau miau miau miau miau miau miau miau miau miau. Miau miau miau miau. Miau miau miau miau miau miau miau miau miau miau. Miau miau miau miau miau miau miaau. Miau miau miau miau miau miau miau miau miau miau. Miau miau miau miau miau.

Mia miau miau miau miau miau miau. Miau miau miau miau miau miau miau miau mau miau. Miau miau miau miau. Miau miau miau miau miau miau miau miau miau miau. Miau miau miau miau miau miau miau miau miau miau miau. Mau miau miau miau miau. Miau miau miau miau miau miau. Miau miau miau miau miau miau miau miau miau miau. Miau miau miau miau.

Miau miau miau mia miau miau miau miau miau miau. Miau miau miau miaau miau miau miau. Miau miauu miau miau miau miau miau miau miau

miau. Miau miau miau miau miau. Miau miau miaau miau miau miau miauu. Miau miau miau miau miau miau miau miau miau miau. Miau miau miau miau. Miau miau miaau miau miaui miau miau miau miau miau. Miau miau miau miau miau miau miau. Miau miau miiau miau miauu miau miau miau miau miau. Miau miau miau miau miau. Miau miau miau miau miau miau miau. Miau miau miau miau miau miau miau miau miau miau. Miau miau miau miau.

Miau miau miau miau miau miau miau miau miau miau. Miau miau miau miau miau miau miau. Miau miau miau miau miau miau miau miau miau miau. Miau miau miau miau miau. Miau miau miau miau miau miau miau. Miau miau miau miau miau miau miau miiaau miau miau. Miau miau miau miau. Miau miau miau miau miau miau miau miau miau miau. Miau miau miau miau miau miau miau.

Miau miau miau miau miau miau miau miau miau miau. Miau miau miau miau miau. Miau miau miau miau miau miauu miau. Miau miau miau miau miau miau miau miau miau miau. Miau miau miau miau. Miau miau miaui miau miau miau miau miau miau miau. Miau miau miau miauu miau miau miau. Miau miaau miau miau miau miau miau miau miau miau. Miau miau miau miau miau.

Miau miau miau miau miiau miau miau. Miau miau miau miau miau mia miau miau miau miau.

Miauu miau miau miau. Miau miau miau miau miau mau miau miau miau miau. Miau miau miaau miau miaui miau miau. Miau miau miau miau miiau miau miiaau miau miau miau. Miau miau miau miau miau. Miau miau miau miau miau miau miau. Miau miau miau miau miaau miau miau miau miau miau. Miau miau miau miau.

Miau miau miau miau miau miau miau miau miau miau. Miau miau miau miiau miau miau miau. Miau miau miau miau miau miau miau miau miau miau. Miau miau miau miau miau. Miau miau miau miau miau miauu miau. Miau miau miau miau miau miau miau miau miau miau. Miau miau miau miau. Miau miau miau miau, miau miau miau miau miau miau. Miau miau miau miau miau miau miau.

Miau miau miau miau miau miau miau miau miau miau! Miau miau miau miau miau. Miau miau miau miau miiau miau miau. Miau miau miau miau miau miau miau miaui miau miau. Miau miau miau miau. Miau miau miau miau miau miau miau miau miau miau.

Miau miau miau miau miau miau miau. Miau miau miau miau miau miau miau miau miau miau. Miau miaau miau miau miau. Miau miau miau miau miau miau miau. Miau miau miau miau miau miau miau miau miau miau. Miaau miau miau miau. Miau miau miau miau miau miau miauu miau miau miau. Miau miau miau miaui miau miau miau.

Miau miau miau miau miau miau miau miau miau miau. Miau miau miau miau miau. Miau miau miau miau miau miau miau. Miau miau miau miau miau miau miau miau miau miau. Miau miau miau miau. Mia miau miau miau miau miau miau miau miau miauu. Miau miau miau miau miau miau miau. Miau miau miau miau miau miau miau miau miau miau. Miau miau miaau miau mia. Miau miau miau miau miau miau mau. Miau miau miau miau miau miiau miau miau miau miau.

Miau miau miau miau. Miau miau miau miau miau miau miau miau miau miau. Miau miau miau miau miiau miau miau. Miau miau miau miau miau miau miau miau, miau miau. Miau miau miau miau miau. Mia miau miau miau miau miau miau. Miau miau miau miau miau miau miau miau miau. Miau miau mau miau.

Miau miau miau miau miau miau miau miau miau miau. Miau miau miau miau miau miau miau. Miau miau miau miau miau miau miau miau miau miau. Miau miau miau miau miau. Miau miau miau miau miau miau miau. Miau miaau miau miau miau miau miau miau miau miau. Miau miau miau miau. Miau miau miau miau miau miau miau miau miau miau. Miauu miau miau miau miau miauui miau. Miau miau miau miau miau miau miau miau miau miau. Miau miau miau miau miau. Miau miau miau miau miau miau miau. Miau miau miaui miau miau

miau miau miau miau miau. Miau miau miau miau. Miau miau miau miau miau miau miau miau miau miau. Miiau miau miauu miau miau miau miau. Miau miau miau miaui miau miau miau miau miau miau.

Miau miiau miau miau miau. Miau miau miau miau miau mia miau. Miau miau miau miau miau mau miau miau miau miau. Miau miau miau miau. Miaauu miau miau miiau miau miau miau miau miau miau. Miau miau miau miau miau miau miau. Miau miau miau miauu miau miau miau miau miau miau. Miau miau miau miau miau. Miau miau miau miau miau miau miau. Miau miau miau miau miau miau miau miau miau. Miau miau miau miau. Miau miau miau miaau miau miau miau miau miau miau. Miau miau miau miau miau miau miau. Miau miau miau miau miau miau miau miau miau miau. Miau miau miau miau miau.

»Miau miau miau«, miau miau miau miau.

»Miau miau, miau miau miau miau miau miau miau miau. Miau miau miau mau.«

»Mia miau miau miau miau miau miau miau miau miau.«

»Miau miau miau miau miau miau miau.« Miau miau miau miau miau miau miau miau miau miau. Miau miau miiau miau miau. Miau miau miau miau miau miau miau. Miaau miau miau miau miau miau miau miau miau miau. Miau miau miau miau. Miau

53

miau miau miau miau miau miau miau miau miau. Miaau miau miau miau miau miau miau. Miau miau miau miau miiau miau miau miau miau miau. Miau miau miau miau miau. Mia miau miau miau miau miau miau. Miau miau miau miau miau miau miau miau miau miau.

Miau miau miau miau. Miau miau miau miau miau miau miau miau miau miau. Miau miau miau miau miaaui, miau miau. Miau miau miau miau miau miau miau miau miau miaau. Miau miau miau miau miau. Miau miau miau miau miau miau miau. Miau miau miau miau miau miau miau miau miau miau. Miau miaau miau miau. Miau miau miau miau miau miau miau miau miau miau. Miau miau miau miauui miau miau miau. Miau miau miau miau miau miau miau miau miau miau. Miau miau miau miau miau. Miau miau miau miau miau miau miau. Miau miau miau miau miau miau miau miau miau miau. Mia miau miau miau. Miau miau miau miau Mau miau miau miau miau miau. Miau miau miau, miau miau miau miau. Miau miau miau miau miau miau miau miau mia miau.

Miau miau miau miau miau. Miau miau miau miau miau miau miau. Miau miau miau miau miau miau miau miau miau mia. Miau miau miau miau. Miau miau miau miaau miau miau miau miau miau miau. Miau miau miauu miau miau.

Meowy 10

Mau miau miau miau miau miau miau. Miau miau
miau mau miau miau miau miau miau miau. Miau
miau miau miaau. Miau miau miau miau miau miau
miau miau miau miau. Miau miau miau miau miau
miau miau. Miau miau miau miau miau miau miau
miau miau miau. Miau miaau miau miau miau.
Miau miau miau miau miau miau miau. Miau miau
miau miiau miau miau miau miau miau miau. Miau
miau miau miau. Miaa miau miau miau miau miau
miau miau miau miau. Miau miau miau miau miau
miau miau. Miau miau miau miau miau miau miau
miau miau miau. Miau miau miau miau miau. Miau
miiau miau miau miau miau mia. Miauu miau miau
miau miau miau miau miau miau miau.

Miau miau miau miau. Miau miau miau miau
miau miau miau miau miau miau. Miau miau miau
miau miau miau miau. Miau miau miau miau miau
miau miau miau miau miau. Miau miau miau miau
miau. Miau miau miau miau miau miau miau. Miau
miau miau miau miau miau miau miau miau miau.
Miau miau miau miau. Miaau miau miau miau miau
miau miau miau miau miau.

Miau mia miau miau miau mau miau. Miau miau
miau miau miaui miau miau miau miau miau. Miau
miau miau miau miau.

Miau miau miau miau miau miau miau miau miau miau. Mia miau miau miau miau. Miau miau miau miau, miau miau miau. Miau miau miau miau miau miau miau miau miau miau. Miau miau miau miau. Miau mau miau miau miau miau miau miau miau miau. Mia miau miau miau miau, miau miau. Miau miau miau miau miau miau miau miau miau miau. Miau miau miau, miau miau. Miaau miau miau miau miau miau miau. Miau miau miau miau miau Mia miiau miau miaau miau miau. Miau miau miau miau. Miau miau miau miau miau miau miau miau miau miau. Miau miauu miau Mau miau miau miau miau.

Miau miau miau miau miau miau miau miau miau miau. Miauu miau miau miau miau. Miau miau miau miau miau miau miau. Miau miau miau miau miau miau miau miau miau miau.

»Miiau miau miau miau. Miau miau miau miau miau miau miau miau miau miau. Miau miau miau miau miau miau miau.«

Miau miau miau miau miau miau miau miau miau miau. Miau miau miaui miau miau. Miau miau miau miau miau miau miau miau miauu miau. Miau miau miau miau. Miau miau miau miau miau miau miau miau miiau miau. Miau miau miau miau miau miau miaau. Miau miau miau miau miau miau miau miau miau miau. Miau miau miauu miau miau.

Miau miau miau miau miau miau miau. Miau miau miau miau miau miau miau miau miau miau.

Miau miau miau miiau. Miau miau miau miau miau miau miau miau miau miau. Miau miau miau miau miau miau miau. Miau miau miau miau miau miau miau miau miau miau. Miau miau miau miau miau. Miau miau miau miau miau miau miau. Miau miau miau miau miau miau miau miau miau miau. Miau miaau miau miau. Miau miau miau miau miau miau miau miau miau miau. Miaau miau miau miau miau miau miau. Mia miau miau miau miau miau miau miau miau miau. Miau miau miau mau miau.

Meowy 11

Miau miau miau miau miau miau miau. Miau miau miauui miau miau miau miau miau miau miau. Miau miau miau miau. Miau miau miau miau miau miau mau mia miau miau. Miau miauu miau miau miau miau miau. Miau miiau miau miau miau miau miau miau miau miau.

»Miau miau miau miau miau.« Miau miau miau miau miau miau miau. Miau miau miau miau miau miau miau miau miau. Miau miau miau miau. Miau miau miau miau miau miau miau miau miau miau. Miau miau miauau miau miau miau miau. Miau mau miau miau miau miau miau miau miau miau. Miau miaui miau miau miau. Mia miau miau miau miau miiau miau. Miau miau miau miau miau miaau miau miau miau miau. Miau miau miau miau. Miau miau miau miau miau miau miau miau miau miauu. Miau miau miau miau miau miau miau. Miau miau miau miau miaau miau miau miau miau miau. Miau miau miau miau miau. Miau miau miau miau miau miau miau. Miau miau miau miau miau miau miauu miau miau. Miau miau miau miau. Miau miau miau miau miau miau miau miau. Miau miau miau miau miau miau miau. Miau miau miau miau miau miau miau miau miau.

Miau miau miau miau miau. Miau miau miau miau miau miau miau. Miau miau miau miau miau

miau miau miau miau miau. Miau miau miau miau.
Miau miau miau miau miau miau miau miau miau
miau. Miau miau mia miau miau miau miau. Miau
miau miau miau miau miau miau miau miau miau.
Miau miau miau miau mau. Miau miau miau miau
miau miau miau.

Miau miau miau miau miau miau miau miau
miau miau. Miau miau miau miau. Miau miau miau
miau miau miau miau miau miau miau. Miau miau
miau miau miau miau miau. Miau miau miau miau
miau Mia Miiau miau miau miau miau.

Miau miau miau miau miau. Miau miau miau
miau miau miau miau. Miau miau miau miau miau
miau miau miau miau miau. Miau miau miau miau.
Miau miau miau, miau miau miau miau miau miau
miau. Miau miau miau Mau miau miau miau. Miau
miau miau miau miau miau miau miau miau miau.
Miau miau miau miau miau. Miau miau miau miau
miau miau miau. Miau miau miau miau miau miau
miau miau miau miau. Miau miau miau miau. Miau
miau Miau miau miau miau miau miau miau miau.
Miau miau miau miau miau miau miau. Miau miau
miau miau miau miau miau miau miau miau. Miau
miau miau miau miau. Miau miau miau miau miau
miau miau. Miau miau miaau miauu miau miau
miau miau mau miau. Miau miau miau miau. Mia
miau miau miau miau miauu miau.

Miau miau miau miau miau miau miau. Miau miau miau miau miau miau miau miau miau miau. Miau miaumiau miau miau. Miau miau miau miau miau miau miau. Miau miau miau miau miau miau miau miau miau miau. Miau miau miau miau. Miau miau miaau miau miau miau miau miau miaui miau. Miau miau miau miau miau miau. Miau miau miau miau miau miau mia miau miau miau.

Miau miau miu miau miau. Miau miau miau miau miau miau miau. Miau miau miau miau miauu miau miau miau miau miau.

»Miau mia miiau miau. Miau miau miau miau miau mau miau miau miau miau. Miau miau miau miau miaau miau miau. Miau miau miau miau miau miau miau miau miau mia.«

»Miau miau miau miau miau.« Miau miau miau miau miau miau miau. Miau miau miau miau miau miau miau miau miau. Miau miau miau miau. Miau miau miau miau miau miau miau miau miau miau. Miau miaau miau miau miau miau miau. Miau miau miau miau miau miau miau miau miau miau. Miau miau miau miau miau. Miau miau miau miau miau miau miau. Miau miau miau miau miau miau miau miau miauu miau. Miau miau miau miau. Miau miau miau miau miau miau miau miau miau miau. Miau miau miau miau.

Miau miau miau miau miau miau miau miau miau miau. Miaau miau miau miau miau. Miaui miau miau miau miau miau miau. Miau miau miau miau, miau maui miau miau miau miau. Miau miau miau miau. Miau miau miau miau miau miau miau miau miau miau. Miau miau miau miau miau miau miau. Miau miau miau miau miau miau miau miau miiaau miau. Miau miau miau mau miau. Miau miau miau miauu miau miau miau. Miau miau miau miau miau miau miau miau miau miau. Miau miau miau miau. Miau miau miau mia miau miau miau miau miau miau. Miau miau miau miau miau miau miau. Miau miau miau miau miau miau miau miau miau miau. Miau miau miau miau miau.

Miau miau miau miau miau miau miau. Miau miau miaau miau miau miau miau miau miau miau. Miau miau miau miau. Miau miau miau miau miau miau miau miau miau miau. Miau miau miau miau miau miau miaui! Miaau miau miau miauu miau miau miau miau miau miau. Miau miau miau miau miau. Miau miau miau miau miau miau miau. Miau miau miau miaau miau miau miau miau miau miau. Miau miau miau miau. Miau mia miau miau miau miau miau miaui miau mau...

Miau miau miau miau miau miau miau. Miau miau mau miau miau miau miau miau miau miau. Miau miau miau miau mia. Miau miau miau miau miau miau miau. Miau miau miau miau miau miau miau miau miau miau. Miau miau miau miau. Miau miau

miau miau miau miau miau miau miau miau. Miau
miau miau miau miau miau miau. Miau miau miau
miau miau miau miau miau miau miau. Miau miau
miau miau miau. Miau miau miau, miau miau miau
miau. Miau miau miau miau miau miau miau miau
miau miau. Miau miau miau miau.

Miau miau miau miau miau miau miau miau
miau miau. Miau miau miau miau miau miau miau.
Miau miau miau miau miau miau miau miau miau
miau. Miau miau miau miau miau. Miau miau miau
miau miau miau miaau. Miau miau miau miau miau
miau miau miau miau miau. Miau miau miau miau.
Mia miau miau miau miauu miau miau miau miau
miau. Miau miau miau miau miau miau miau. Miau
miau miau miau miau miau miau miau miau miau.
Miau miau miau mau miau. Miau miau miau miau
miau miau miau.

Miau miau miau miau miau miau miau miau
miau miau. Miau miau miau miau. Miau miau miau
miau miau miau miau miau miau miau. Miau miau
miauu miau miaau miau miau. Miau miau miau
miau miau miau miau miau miau miau. Miau miau
miau mau miau. Miau miau miau miau miau miau
miau. Mia miau miau miau miau miau miau miau
miau miau. Miau miau miau miau. Miau miau miau
miau miau miau miau miau miau miau. Miau miau
miau miau miau miau miau. Miau miau mia, miau
miau miau miau miau.

Miau miau miaau miau miau. Mia miau miau miau miau miau miau. Mau miau miau miau miau miau miau miau miau miau. Miau miau miau miau. Miau miau miau miau miau miau miau miau miau miau. Miau miauu miau miau miau miau miau. Miau miau miau miau miau miau miau miau miau miau. Miau miau miau miaau miau. Miau miau miau miau miau miau miau. Miau miau miau miau miau miau miau miau miau miau. Miau miau miau miau. Miau miau miau miau miau miau miau miau miau miauu. Miau miau miau miau miau miau miau. Miau miau miau miau miau miau miau miau miau miau. Miau miau miau miau miau. Miau miau miau miau miau miau miau. Miau miau miau miau miau miau miau miiau miau miau. Miau miau miau miau. Miau miau miau miau miau miaau miau miau miau miau. Miau miau miau miau miau miau miau. Miau miau miau miau miau miau miau miau miau miau. Miau miau miau miauu miau.

»Miau miau miau miau miau miau miau.« Miau miau miau miau miau miau miau miau miau miau. Mau miau miau miau. Mia miau miau miau miau miau miau miau miau miau. Miau miau miau miau miau miau miaui. Miau miau miau miau miau miau miau miau miau miau.

»Miau miau miau miau miau.« Miau miau miau miau miau miau miaau. Miau miau miau miau miau miau miau miau miau miau. Miaauu miau miau

miau. Miau miau miau miau miau miau miau miau miau miau. Miau miau miau miau miau miau miau. Miau miau miauau miau miau miau miau miau miau miau. Miau miau mia miau miau.

Miau miau miau miau miau miau miau. Miau miau miau miau miau miau miau miau miau miau. Miau miau miau miau. Miau miau miau miau miau miau miau miau miau miau. Miau miau miau miau miaui miaau miauu. Miau miau miau miau miau miau miau miau miau miau. Miau miau miau miau miau. Miau miau miau miau miau miau miau. Miau miau miau mia, miau miau miau miau miau miau. Miau miau miau miau. Miau miau miau miau miau mau, miau miau miau miau. Miau miau miau miau miau miau miau. Miau miau miau miauu miau miau miau. Miau miau miau miau miau. Miau miau miau miau miau miau miau.

Miau miau miau miau miau miau miau miau miau miau. Miau miau miau miau. Miau miau miau miau miau miau miau miau miau miau. Miau miau miau miau miau miau miau. Miau miau miau miau miau miau miau miau miau. Miau miau miau miau miau. Miau miau, miau miau miau miau miau. Miau miau miau miau miau miau miau miau miau miau. Miau miau miau miau. Miau miaau miau miau miau miau miau miau miau miau.

Miau miau miau miau miau miau miau. Miau miau miau miau miau miau miau miau miau miau.

Miau miau miau miau miau. Miau miau miau miau miau miau miau. Miau miau miau miau miau miau miau miau miau miau. Miaau miau miau miau. Miau miau miau miau miau miau miau miau miau miau. Miau miau miau miau Miau miau mia.

Meowy 12

»Miau miau miau miau miau miau«, miau miau miau miau.

»Miauu miaui miau miau mau.«

»Miau miau miau miau miau miau miau.« Miau miau miau miau miau miau miau miau miau miau. Miau miau miauui miiau. Miau miau miau miau miau miaui miau miau miau miau. Miau miau miau miau miau miau miau. Mau miau miau miau miau miau miaui miauu miau miau. Miau mia miau miau miau. Miau miau miau miau miau miau miau. Miau miau miau miau miau miau miau miau miau miau.

Miau miau miau miau. Miau miau miau miau miau miau miau miau miau miau. Miau miau miau miau, mau miau miau. Miau miau miau miau miau miau miau miau miau miau. Miau miau miau miau miau. Miau miau miau miau miau miau miauu. Miauu miaau miiau miau miau miau miau miau miau miau. Miau miau miau miau. Miau miau miau miau miau miau miau miau miau miau. Miau miau miau miau miau miamiau miau. Miau miau miau miau miau miau miau miau miau miau. Miau miau miauu miau miiau. Miau miau miau miau miau miau miau.

Miau miauu miau miau miau miau miau miau miau miau. Miau miaau miau miaui. Miau miau miau miau miau miau miaau miau miau miau. Miau

miau miau miauu miau miau miau. Miau miau miau miau miau miau miau miau miau miau. Miau miau miau miau miau.

»Miau miau miau miau miau miau miau. Miau miau miau miau miau miau miau miau miau. Miau miau miau miau.« Miaau miau miau miau miau miau miiau miau miauui miau. Miau miau miau miau miau miau miiau. Miau miau miau miau miau miau miau miau miau miauu. Miau miau miau miau miau. Mau miaui miau miau mau miau miau. Miau miau miau miau miau miau miau miau miau miau. Miau miau miau miau. Miau mia miau miau miau miau miau miau miau miau. Miau miau miau miau miau miaauu miau. Miaiu miau miau miau miau miau miau miau miau miaui. Miau miau miau miau miau. Miau miau miau miau miau miau miau. Miau miau miaau miau mia miau miau miau miau miau. Miau miau miau miau. Miau mau miau miau miau miau miau miau miau miau.

Miau miau miau miau miau miau miau. Miau miau miau miau miau miau miau miau miau miau. Miau miau miau miau miau. Miau miau miau miau miau miau miau. Miaau miau miau miau miau miau miau miau miau miau. Miau miauu miau miau. Miau miau miau miau miau miau miau miau miau miau. Miau miau miiaui miau miau miau miau. Miau miau miau miamiau miau.

Miau miau miau miau miau. Miau miau miau miau miau miau miau. Miau miau miau miau miau mia miau miau miau miau. Miau miau miau miau. Miau miau miaui miau miau miau miau miau miau miau. Miaau miau miau miau miaui miau miau. Miau miau miau miau miauu miau miau miau miau miau. Miau miau miau miau miau.

Miau miau miau miau miau miau miau. Miau miau miau, miau miau miau miau miau miau miaui. Miau miau miau miau. Miau miau miau miau miau miau miau miau miau miau. Miau miau miau miau miau miau miau.

Miau miau miau miau miau miau miau miau miau miau. Miau miau miau miau miau. Miau miau miau miau miau miau miau. Miau miau miau miau miau miau miau miau miau. Miau miau miau miau. Miau miau miau miau miau miau miau miau miau miau. Miau miau miau miau miau miau miau. Miau miau miau miau miau miau miau miau miau miau. Miau miau miau miau miau.

Miau miau miau miau miau miau miau. Miau miau miau miauu miau miau miau miaau miau miau. Miau miau miau miaau. Miau miau miau miau miau miau miau miau miau miau. Miauu miaui miau miau miau miau miaui.

Miau miau miau miau miau miau miau miau miau miau. Miau miauau.

Meowy 13

Miau miau miau miau miau miau miau. Miau miau miau miau miau miau miau miau miau miau. Miau miau miauu miau. Miau miau miau miau miau miau miau miau miau miiau. Miaau miau miau miau miau miau miau. Miau miau miaui miau miau miau miau miau miau miau. Miau mia miau miau miau. Miau miau miau miau miau miauu miau.

»Miau miau miau miau miau miau miau miau miau miau. Miau miau miau miau.« Miau miau miau miau miau miau miau miau miau miau. Miau miau miau miau miau miaau miau. Miau miau miau miau miau miau miau miau miau miau. Miau miau miau miau miaau. Miiau miau miau miau miau miau miau. Mau miaui miau miau miau miau miau miau miau miau. Miau miau mia miaau. Miau miau miau miau miau miauu miau miau miau miau. Miau miau miau miau miau miau miau. Miau miau miau miau miau miau miau miau miau miau. Miau miau miau miau miau.

Miau miau miau miau miaui miau miau. Miau miau miau miau miau miau miau miau miau miau. Miaui miau miau miau. Miau miaau miau miau miau miau, miau miau miau miau. Miau miau miau miau miau miau miaau. Miau miau miau miau miau miau miau miau miau miau miau. Miau miau.

Miau miau miaau miau miau miau miau. Miau miau miau miau miau miau miau miau miau miau. Miau miau miiau miau. Miau miauu miau miau miau mau, miau miau miau miau. Miau miau miau miau miau miau mia. Miau miau miaau miau miau miau miau miau miau miau. Miau miau miau miau miau. Miau miau miau miau miau miau miau. Miau miau miau miau miau miau miau miau miau miau. Miau miau miau miau. Mia miau miau miau miau miau miau miau miau miau. Miau miau miau miau miau miau miau. Miau miau miaau miau miau miau mia miiau miau miau. Miau miau miau miau miau. Miau miau miau miau miau miiau miau.

Miau miau miaau miau miau mau miau miau miau miau. Miau miau miau miau. Miau miau miau miau miau miau miau miau miau miau. Miau miau miau miauu miau miau miau. Miau miau miau miau miau miau miau miau miau miau. Miau miau miau miau miau. Miau miau miau miau miau miau miau. Miau miau miau miau miau miau miau miau miau miau. Miau miau miau miiau. Miau miau miau miau miau miau miau miau miau miau. Miau miau miau miau miauu miau miau. Miau miau miaau miau miau miau miau miau miau.

Miau miau miau miau miau. Miau miau miau miau miau miau miau. Miau miau miau miau miau miau miau miau miau miauu. Miau miau miau miau. Miau miiau miau miau miau miau miau miau

miau miau. Miau miau miau miau miau miau miau.
Miau miau miau miauu miau miau miau miau miau
miau. Miau mau miau miau mia. Miau miau miau
miau miau miau miau. Miau miau miau miau miau
miau miau miau miau miau. Miaau miau miau
miau. Miau miau miau miau miau miau miau miau
miau miau. Miau miau miaau miau miau miau
miau. Mau miau miau mia, miau miau miau miau
miau miau.

Miau miau miau miau miau. Miau miau miau
miau miau miau miau. Miau miau miau miau miau
miau miau miau miau miau. Miau miau miau miau.
Miau miau miau miau miau miau miau miau miau
miau. Miau miaui miau miaau miauu miau miau.
Miau miau miau miau miau miau miau miau miau
miau. Miau mia miau miau miau. Miau miau miau
miau mau miau miau. Miau miaau miau miau miau
miau miau miaui miau miau. Miau miau miau miau.
Miau miau miau miau miau miau miau miau miau
miau. Miau miau mau miau miau miau miau. Miau
miau miau miau miau miiau miau miau miau miau.
Miau miau mia miau miau.

Miau miau miau miau miau miau miau. Miau
miau miau miau miau miau, miau miau miau miau.
Miau miau miau miau. Miau miau miau miau miau
miau miau mia miau miau. Miau miau miau miau
miau miau miau. Miauu miaui miau miau miau
miau miau. Miau miau miau miau miau. Miau miau

miau miau miau miau miau. Mia miau miau miau miau miaau miau miau miau miau. Miau miau miau miau. Miau miau mau miau, miau miau miau, miau miau miau. Miau miau miau miau miau miau miau.

Miau miau miau miau miau miau miau miau miau miau. Miau miau miau miau miau. Miau miau miau miau miau miaau miau. Miau miau miau miau miau miau miau miau miau miau. Miau miau miau miau. Miau miauu miau miau miau miau miau miau miau miau. Miau miau miau miau miauu miau miau. Miau miiau miau miau miaui miau miau miau miau miau.

Miau mia miau miau miau. Miau miau miau miau miau miau mau. Miau miau miau miau miau miau miau miau miau miau. Miau miau miau miau. Miau miau miau miau miau miau miau miau miaau miau. Miau miiau miau miauu miau miau miau. Miau miau miau miau miau miau miau miau miau miau. Miau miau miau miaui miau. Miau miau miau miau miau miau miiau. Miau miau miau miau miau miau miau miau miau miau. Mau miau miau miau.

Miau mia miaui miau miau mia miau miau miau miau. Miau miau miauu miau miau miau miau. Miau miau miau miau miau miau miau miau miau miau. Miau miaau miau miau miau. Miau miau miau miau miau miau miau. Miau miau miau miau miau miau miau miau miau miau. Miau miau miau miau. Miau miau miau miiau miau miau miau miau

miau miaui. Miau mia miau miau miau miau miau. Miau miau miau miau miau miau miau miau miau miau. Miau miau miau, miau miau!

Miau miau miau miau miau miau miau. Miau miau miau miau miau miau miau miau miau miau. Miau miau miau miau. Miau miau miau miau miau miau miau miau miau miau. Miau miau miau miau miau miau miau.

»Miau miau miau miau miau«, miau miau miau miau miau. Miiau miau miau miau miau. Miau miau miau mau miau miau miau. Miau miau miau miau miau miau miau miau miau miau. Miauu miau miau miau. Miauii miau miau miau miau mia miau miau miau miau.

Miau miau miau miau miau miau miau. Miau miau miau miau miau miau miau miau miau miau. Miau miau miau miau miau. Miau miau miau miau miau miau miau. Miau miau miaau miau miau miau miau miau miau miau. Miau miau miau miau. Miau miau miau miauu miau miau miau miau miau miau. Mau miau miau miau mia miau miau. Miau miau miau miau mia miau miau miau miau miau. Miau miauu miau miaauu miau. Miau miau miau miau miau miau miau. Miau miau miau miau miau miau miau miau miau miau. Miau miaui miau miau. Miau miau miau miau miaau miau miau miau miau miau. Miau miau miau, miau miau miau miau.

Miau miau miau miau miau miau miau miau miau miau. Miaau miau miau miau miau. Miau miau miau miaui miau miau mia. Miau miau miau miau miau miau miau miau miau miau. Miau miau miau miau. Miau miau miau miau, miau miau miau miau miau miau. Miau miau miau miau miau miau miau. Miau miiau miau miau miau miau miau miau miau miau. Miau miau miauu miau miau. Miau miau miau miau miau miau miau.

Miau miau miau miau miau miau miau miau miau miau. Mia miau miau miau. Miau miau miau miau miau miau miau miau miau miau. Miau miau miau miau miau mau miau. Miau miau miau miau miau miau miau miau miau miau. Miau miaui miau miau miaui. Miau miau miau miau miau miau miau. Miau miau miau miau miau miaau miau miau miau miau. Miau miau miau miau. Miau miau miau miau miau miau miau miau miau miau. Miau miau miau miau miau miau. Miau mia miau miau miau miau miau miau miau miau.

Miau miau miau miau miau. Miau miau miau miau miau miau miau. Miau miau miau miau miau miau miau mau miau miau. Miau miau miau miau. Miau miau miaui miau miau miau miau miau miau miau. Miau miau miau miau miau miau miau. Miau miau miau miau, miau miau miau miau, miau miau. Miau miau miau miau miau. Miau miau miau miau miau miau miau. Miau miau mia miau miau miau

miau miauu miau miau. Miau miau miau miau. Miiau miau miau miau miau miauu miau miau miau miau. Miau miau miau miau miau miau miau.

Miau miau miau miau miau miau miau miau miau miau. Miaui miau miau miau miau. Miau miau miau miau miau miau miau. Miau miau miau miau miau miau miau miau miau miau. Miau miau miau miau. Miau miau miau miau miaau miau miau miau miau miau. Miau miau miau miau miau miau miau. Miau miau miau miau, miau miau miauu miau miau miau. Miau miau miau miau miau. Miau miau miau miau miau miau miau. Miau miau miau miiau mau miau mia miau miau miau.

Meowy 14

Mia miau miau miau. Miau miau miau miau miau miau miau miau miau miau. Miau miau miau miau miau miau miau. Miau miau miau miau miau miau miau miau miau miau. Miau miau miau miau miau. Miau miau Mau miau, miau miau miau. Miau miau miau miau miau miau miau miau miau miau. Miau miau miau miau.

»Miau miau miau miau miau miau miau miau miau miau.« Mia miau miau miau miau miau miau. Miau miau miau miau miau miau mimiau miau miau. Miau miau mau miau miau. Miau miau miau miau miau miau miau.

»Miau miau miau miau miau miau miau miau miau miau. Miau miau miau Maui miau. Miau miau miau miaau miau miau miau miau miau miau. Miau miau miau miau miau miauu miau.« Miau miau miau miau miau miau miau miau miau miau. Miau miau miau miau miaau. Miau miau miiau miau miau miau miau. Miau miau miau miau miau miau miau miau miau miau. Miau miau miau miau. Miau miau miau miau miau miauu miau miau miau miau. Miau miau miaiau miau miau miau miau. Miau miau miau miau miau miau miau miau miau miau. Miau miau miau miau miau. Miau miau miau miau miau miau miaau.

Miau miau miau miau miau miau miau miau miau miau. Miau miau miau miau. Miau miau miau miau miiau miaau miaui miau miau miau. Miau miau miau miau miau miau miau. Miau miau miau mia miau miau miau miau miau miau. Miau miau miau miau miau. Miau miau miau miau miau miau miau. Mau miau miau miau miau miau miau miau miau miau. Miau mia miau miau. Miau miau miau miau miau miau miau miau mau miau. Miau miau miau mau, miau miau miau. Mia miau miau miau miau miau miau miau miau miau. Mau miau miau miau miau. Miau miau miau miau miau miau miau. Miau miau miau, mau miau miau mia, miau miau miau. Miau miau miaui miau.

Miau miau miau miau miau miau miau miau miau miau. Miau miau miau miau miau miau miau. Miau miau miau miau miau miau miau miau miau miau. Miau miau miau miau miau. Miau miau miau miau miaau miau miau. Miau miau miau miau miau miau miau miau miau miau. Miau miau miau miau. Miau miau miau miau miau miau miau miau miau miau. Miau miaui miau miau miau miau miau. Miau miau miau miau miau miau miau miau miau miau. Miau miau miau miau miau.

Miau miauu miau miau miau miau miau. Miau miau miau miau miau miau miau miau miau miau. Miau mia miau miau. Miau miau mau miau, miau miau miau miaauu miau miau. Miau miau miau

miau miau miau miau. Miau miau miau miau miau
miau miau miaau miau miau. Miau miau miau miau
miau. Miau miau miau miau miaau miau miau.
Miau miau miau miau miau miau miau miau miau
miau. Miau miau miau miau. Miauui miau miau
miau miau miau miau miau miau miau. Miau miau
miau miaui miaau. Miau miauui miau miau miau
miau miau miau miau miau. Miau miau miau miau
miau.

Miau miau miau miau miau miau miau. Miau miau
miau miau miau miau miau miau miau miau. Miau
miau miau miau. Miau miau miau miau miau miau
miau miau miau miau.

   Miau miau miau miau miau miau miau. Miau
miau miau miau miau miau miau miau miau miau.
Miau miau miau miau miau. Miau miau miau miau
miau miau miau. Miau miau miau miau miau miau
miau miauu miaui miau. Miau miau miau miau.
Miau miau miau miau miau miau miau miau miau
miau. Miau miaau miau, miau miau miau miau.
Miau miau miau miaau miau miaui miau miau miau
miau. Miau miau miau miau miau. Miau miau miau
miau miau miau miau. Mau miau miau miau miau
miau miau miau miau miau. Miau miau miau miau.
Miau miau miau miau miau miau miau miau mia
miau.

»Miau mia miau miau Mau miau miau. Miau miau miau miau mia miau miau«, miau miau miau. Miau miau miau miau miau. Miau miau miau miau miau miaui miau. Miau miau miau miau miau miau miau miau miau miau. Miaui miau miau miau. Miau miau miau miau miau miau miau miau miau miau. Miau miau miau miau miau miau miau. Miau miau miau miau miau miau miau miau miau miau. Miau miau mia miau miau. Miauu miau miau miau miau miau miau. Miaauu miau miau miau miau miau miau miau miau miau. Miau miau miau mau. Miau miau miau miau miau miau miau miau miau miau. Miau miau miau miau miau miau miau. Miau miau miau miauu miau miau miau miau miau miau. Miau miau miau miau miau.

Miau miau miau miau miau miau miau. Miau miau miau miau miau miau miau miau miau miau. Miau miau miau miaau. Miau miau miau miau miau miau miau miau miau miau. Miau miaau miau miau miau miau miau. Miau miau miau miau miaui miau miau miau miaau miau. Miau miauu miau miau miau.

Meowy 15

Miau miau miau miau miau miau miau. Miau miau miau miau miau miau miau miau miau miau. Miau miau miau miau. Mau miaui miau miau miau miau miau miau miau miau. Miaau miau miau mia miau miau miau. Miau miau miau miau miau miau miau miau miau miau. Miau miau miauu miau miau. Miau miau miau miau miau miau miau. Miau miau miau miau miau miau miau miau miau miau. Miau miau miau miau. Miau miau miaui, miau miau miau miau miau miau miau. Miau miau miau miau miau miau miau. Mia miau miau miau miau mau, miau miau, miau miau. Miau miauu miau miau miau. Miau miau miau miau mau miau miau.

»Miau miau miau, miau mia! Mau miau miau miau miau. Miau miau miau miau.« Miau miau miau miau miau miau miau miau miau miau. Miau miau miau miau miau mau miau. Miau miau miau miaui miau miau miau miau miau miau. Miau miau miau miau miau. Miau miau miau, miau miau miau miau. Miau miau mia miau miaui, miau miau miau mia miau. Miau miau miau miau. Miau miau miau miau miau miaaui, miau miau miau miau. Miau miau miau miau miau miau miau. Miau miau miau miau miau miau miau miau miau...

Miau miau miau miau miau. Miau miau miau miau miau miauu miau. Miau miau miau miaau

miau miau miau miau miau miau. Miau miau miau
miau. Miiau miau miau miau miau miau miau miau
miau miau. Miau miau miau miau miau miau miau.
Miau miau miau miau miauu miau miau miau miau
miau. Mau miau miau miau miau. Miau miau miau
miau miau miaau miau. Miau miau mia, miau miau
miau miau miau miau miau.

Miau miau miaui miau. Miaui miau miau miau
miau miau miau miau miauu miau. Mau miau miau
miau miau miau miau. Miau miau miau mia miau
miau miau miau miau miau.

Miau miau miau miau miau. Miau miau miau
miau miau miau miau. Miau miau miau miau miau
miau miau miau miau miau. Miau miau miau miau.
Miau miau miaau miau miau miau miau miau miau
miau. Miau miau miau miau miau miau miau. Miau
miau miau miau miau miaui miau miau miau miau.
Miau miau miaui miau miau. Miauu miau miau
miau miau miau miau.

Miau miau miau miau miau miau miau miau
miau miau. Miau miau miau miaui. Miau miau miau
miau miau miau miau miau miau miau. Miau miau
miau miau mia miau miau. Miau miau miau miau
miau miau miau miaau miau miau. Mau miau miau
miau miau. Miau miaau miau miau miau miau
miau. Miau miau maui miau miau miau miau miau
miau miau. Miau miau miau miau. Miau miau miau
miau miau miau miau miaau miau miau.

Miau miau miau miau miau miau miau. Miau miau miau miau miau miau miau miau miau miau. Miau miau miau miau miau. Miau miau miau miau miau miau miau. Miau miau miau miau miau miau miau miau miau miau. Miau miau miau miau. Miau miau miau miau miau miau miau miau miau miau. Miau miau miau miau miau miau miau.

Mia miaau miau miau miau. Miau miau miau miau miau miau miau. Miau miau miau miau miau mau miau miau miau miau. Miau miau miau miau. Miau miau miau miau miau miau, miau miau miau miau. Mau miau miau miiau miau miau miau. Miau miau miau miau miau, mia miau miaui miau miau. Miau miau miau miau miau. Miau miau miau miau miau miau mia. Miau miau miau miau miau miau miau miau miau miau. Miau miau miau miau. Miau miau miau miau miau miau miau miau miau.

Miau miau miau miau miau miau miau. Miau miau miau, miau mia miau miau miau miau miau. Miau miau miau miau miau. Miau miau mau miau miau miau miau. Miau miau miau miau miau miau miau miau miau miau. Miau miau miaui miau. Miau miau miau miaui, miau miau Miau miau miau miau. Mia miau miaui miau.

Meowy 16

Miau miau miau miau miau miau miau miau miau miau. Mau miau miau miau miau. Miau miau miaui, miau miau miau mia. Miau miau miau miau miau miau miau miau miau miau.

Miau miaau miau miau. Miau miau miau miau miau miau miau mia miau miau. Miau miau miau miau miauu miau miau. Miau miiau miau miau miau miau miau miau miau miau. Miauu miau miau miau miau. Miau miau miau miau miau miau miau. Miau miau miau miaau miau miau miau miau miau miau. Miau miiau miau miau. Miau miau miauu miau miau mia, miau miaui miau miau.

Miau miau miau miau miau miau miau. Miau miau miau miau miau miau miau miau miau miau. Miau miauu miaau miau miau. Miau miau miau miau miau miau miau. Miau miau miau miau miau miaau miau miau miau miau. Miiau miau miaui miau. Miau miau miau miau miau miau miau miau miau miau. Miau miau, mau miau miau. Miau miau miau miau miau miau miau miau miaui miau. Miau miau miau miau miau. Miau miau miau miau miau miau miau. Miau miau miau miauu miau miau miau miau miau miau. Miau miau miau miau. Miau miau miau miau miau miau miau miaau miau miau miau. Miau miauu miiau miau miau maiau miau.

Miau miau miau mau miaui miau miau miau miau miau. Miau miau, miau miau miau. Miau miau miau miau miau miau miau. Miau miau miau miau miau miau, miau miau mia miau. Miau miau miau miau. Miau miau miau miau miau miau miau miau miau miau.

Miau miau miau miau miau miau miau. Miau miau miaumiau miau miau miau miau miau. Miau miau miau miau miau. Miau miau miauiau, miau miau miau. Miau miau miau miau miau miau miau miau miau miau. Miau miau miau miau. Miau miau miau miau miau miau miau miau miau miau. Miau miau miau miau miaau miau miau. Miau miau miau miau miau miau miau miauu miau miau.

Mia miau miau miau mau. Miau miau miau mau miau miau miau. Miau miau miau miau miau, miau miau miau miau miiau. Miau miau miau miau. Miau miau miau miau miau miau miau miau miau miau. Miau miau mia miau miau miau miau. Miau miau miau miau miau miau miau miau miau miau. Miau miau miau miau miau.

Miau miau miau miau miau miau miau. Miau miau miau miau miau miau miau miau miau miau. Miau miau miau miau. Miau miau miau miau miau miau miau mau miau miau. Mia miau miau miau miau miau miau. Miau miau miau miau miau miau miau miau miau miau. Mau miau miaui, miau miau. Miau miau miau miau miau miau miau.

Mau miau miau miaui miau miau miau miau miau miau. Miau miau miau miau. Miau miau miau miau miau miau miau miaui miau miau. Miau miau miau mau miau miau miau. Miau miau miau miau miau miau miaau miau miau miau. Miau miau miau miau miau. Miau miau miau miau miau miau miau. Miau miau miau miau miau miau miau miau miau miau. Miau miau miau miau.

Miau miau miau miau miau miau miau miau miau miau. Miau miau miau miau miau miau miau. Miau miau miau miau miau miau miau miau miau miau. Miau miau miaau miau miau. Miau miau miau miau miau miau miau. Miau miau miau miau miau mia, Miau miau miau miaui. Miau miau miau miau. Miau miau miau miau miau miau miau miau miau miau. Miau miau miau miau miau miau miau. Miau miau miau miau miau miau miau miau miau miau. Miau miau miiau miau miau. Miau miau miau miau miau miau miau. Miau miau miau miau miau miau miau miau miau miau. Miau miau miau miau. Miau miau miau miau miau miau miaau miau miau miau. Miauu miau miau miau miau miau miau. Miau miau miau miaauu miau miau miau miau miau miau. Miau miau miau miau miau. Miau miau miau miiau miau. Miau miau miau miau miau miau miau miau miau miau. Miau miau miau miau.

Mia miau miaui miau mia miau miau miau miau miau. Miau miau miau miau miau miau miau. Miau miau miau miau mau miau miau miau miau miau. Miau miau miau miau miau. Miau miau miauu miau miaau miau miau. Miau miau miau miau miau miau miau miau miau miiau. Miau miau miau miau. Miau miau miau miau miau miau miau miau miau. Miau miau miaui, miau miau miaau miau. Miau miau miau miau miau miau miau miau miau miau. Miau miau miau miau miau.

»Miau mau miau«, miau miau miau miau.

»Miau miau mia miau, miau miau miau miau miau miau. Miau miau miau miau.«

»Miau miau miau, miau miau miaui mia, miau miau miau. Miau miau, miau mau miau miau miau.«

Miau miau miau miau miaui miau miau miau miau miau. Miau miiau miau miau miau. Miau miau miau miau miau miau miauu. Miau miau miau miau miau miau miau miaau miau miau. Miau miau miau miau. Miau miau miaau miau miaui miau miau miau miau miau. Miau miau miau miau miau miau miau. Miau miau miaumiau miau miau miau miau. Miau miau miau miau miau. Miau miau miau miau miau miau miau. Miau miau miau miau miau miau miau miau. Miau miau miau miau.

Miau miauu miau miau. Miiau miau miau miau miau miau miau miau miau miau. Miaui miau miau

miau miau miau miau. Miau miau miau miau miau miau miau miau miau miau.

Miau mia miau Mau miau. Miau miau miau miau miau miau miau. Miau miau miau miau miau miau miau miau miau miau. Miau miau miau miau. Miau miau miau miau miau miau miau miau miau miau. Miau miau miau miau miau miau miau.

Miau miau miau miau miau miiau miau miau miau miau. Miau miau miau miau miau. Miau miau miau miau miau miau miaau. Miau miau miau miau miau miau miau miau miau miau. Miaui miau miau miau. Miau miau miau miau miau miau miau miau mau miau. Miau miau mau miau miau miauu miau. Miau miau mia miau miau miau miau miau miau miau. Miau miau miau miau miau.

Meowy 17

Miaumiau mia miau miau miau miau. Miau miau miau miau miau miaui miau miau miau miau. Miau miau miau miau. Miau miau miau miau miau miau miau mau miau miau. Miau miau miau, miau miau miau miau. Miau miau mia miau miaui miauau miau miau miaui miau.

Miau miau miau miau miau. Miau miau miau miau miau miau miau. Miau miaau miau miau miau miau miaau miau miaui miau. Miau miau miau miau. Miau miau miau miauu miau miau miau miau miau miau. Miau miau miau miau miau miau miau. Miau miau miau miau miau miau miau miau miau miau. Miau miau miau miau miau. Mia miau miau miau miau miau miau. Miau miau miau miau miau miau mau miau miau miau. Miau miau miau miau. Miau miau miau miau miaau miau miau miau miau miau. Miau miau miau miau miau miau miauu. Miau miau miaui miau miaau miau miau. Miau miau miaau miau miaui.

Miaui miau miau miauu miau miau miau. Miau miau miau miaui miau miau miau miau miau miau. Miau miau miau. Miau miau miau miau miau miau miau miau miau miau. Miau mia miau miau miau miau miau. Miau miaumiau miau Miau, miau miau miau miaumiau.

Miau mau miau mia miau. Miau miau miau miau miau miau miau. Miau miau miau miau miau miau miaui miau miau miau. Mau miau miau miau. Miau miau miau miau miau miau mia miau miau miau. Miau miaui miau miau miau miau miau.

Mau miau miau miau miau miau miau miau miau miau. Miau miau miau mia miau. Miau miau miau miau miau miau miau. Miau miau miau miau miau miau miauu miau miau miau. Miau miau miau miau. Miau miau miau miau miau miau miau miau miau miau. Miiau miau miau miau miau miau miau. Miau miaau miau miau mau miau miau mia miau miau. Miau miau miau, miau miau. Miau mau miau miau mia miau miau.

Miau miau miau miau miau miau miau miau miau miau. Mau miaumiau miaui. Miau miau miau miau miau miau miau miau miau miau. Miau miau miau miau miau miau miau. Mia miau miau miau miau miauu miau miau miau. Miau miau miau miau miau. Miaui miau miaau miau miau miau miau. Miau miau miau miauu miau miaui miau miau miau miau. Mau miau miauau miau. Miau miau miau miaui miau miau miau mau miau miau. Miau miau miaumiau miau mia miau. Miau miau miau miau miau miau miau mia miau miau. Miau miau miau miau miaui.

Miau miau miau miau miau miau miau. Miau miau miau miau miau miau miau miau miau miau.

Miau miau miau miau. Miau miau miaumiau miau miau mau miau miaui miau. Miau miau miau miau miau miau miau. Miau miau miau miau miau miau miau miau miau miau. Miau miau mia miau miau. Miau miau miau miau miau miau miau...

Miau miau miau miau miau miau miau miau miau miau. Miau miau miau miau. Miau miau miau miau miau miau miaau miau miau miau. Miau miau miau miiau miau, miau miau. Miau miau miau miau miau miau miau miau miau miau. Miauu mia miau miau miau. Miau miau miau miau miau miau miau. Miau mia miau Miau mau miau miaui mau miau miau. Miau miau miau miau. Miau miau miau miau miau miau miau mau miau mia.

Miau miau miau miau miau miau miau. Miau miau miau miaui, miau miau miauu miau miau miau. Miau miau miau miau miau. Miau miau miau miau miau miau miau. Miau miau miau miau miau miau miau miau miau miau. Miaau miau miau miau. Miau miau miaau miau miiau miau miau miau miau miau. Miau miau miau miau miau miauui miau. Miau mia miau miau miau mau miau miau miau miau. Miau miau miau miau miau.

Meowy 18

Miau mau miau miau, miau mia miau. Miau miau miau mau miau miau miau miau miau miau. Miau miau miau miau. Miau mia miau mia, miau mau miau miau miau miau. Miau miau miau miau miau miau miau. Miau miauimiau miau miau miau miau miau miau miau. Miau miau miau miau miau. Miau miau miau miau miau miau miau. Miau miau miau miau miau miau miau miau miau.

Miau miau miau miau. Miau miau miau miau miau miau miaau miau miau miaui. Miau miau miau miau miau miau miau. Miauu miau miau miau miau miau miau miau miau miau. Miau miau miau miau miauu Mau.

Miau miau mia, miau miau miau miau. Miau miau miau miaumiau miau miau miau miau miau. Miau maau miau miau. Miau mia miau miau miau miau miau miauu miiau miau. Miau miaumiau miau mau miau miau. Miau miau miau miau miau miau miau miau miau miau. Miau miau miau miau miau. Miau miau miau miau miau miau miau. Miau miau miau miau miau miau miau miau miau miiau. Miau miau miau miau. Miau miaui miau miau miau miau miau mia miau miau.

Miau miau miau miau miau miau miau. Miau miau miau miau miau miau miau miau miau miau.

Miau miau miau miau miau. Miau miau miau miau miau miau miau.

Miau miau miau miau miau miau miau miau miau miau. Miau miaui miau miau. Miau miau miau miau miau miiau miau miau miau miau. Miau miau miau miau miau miau miaau. Miau miiaau miau miau miau miau miau miau miaau miau. Miau miau miau miau miauu. Miau miau miau miau miau miau miau. Miau miau miau miau miau miau miau miau miau miau. Miau miaui miau miau. Miau miau miau miau miau miau, miau miaumiau miau. Miau miau mau miau miau miau miau. Miau miau miau miau miau miau mia miau miau miau.

»Mia miau miau miaumiau. Miau miau miau miau miau miau mau. Miau miau miau miau miau miau miau miau miau miau.«

»Miau miau miau miau. Miau miau miau miau miau miau miau miau miau miau. Miau miau miau miau miau.«

Miau miau miau miau miau miau miau miau miau miau. Miau miau miau miau miau. Miau miau miau miau, miau Miau mia. Miau miau miau miau miau miau miau miau miau miau. Miau miau miau miau. Miau miau miau miau miau miau miau miau miau miau. Mau miau miau miaui, miau miau miau. Miau miau mia miau miau mau, miau miau miau miau. Miau miau miau miau miau.

Miau miau miau miau miau miau miau. Miau miau miau mau miau miau mia miau miauu miau. Miau miaumiau miau. Miau miaau miau miau miau miau mia miau miaui miau. Miau miau miau miau miau miau miau. Miau miau miau miau miau miau miau miau miau miau. Miau miau miau miau miau. Miau miau miau miau miau miau miau. Miau miau miau miau miaau miau miau mau miau miau. Miau miau mia miau. Miauu miau miau miaui miau miau miau miau miau miau. Miau miau miau miau miau miau miau. Miau miau miau miau miau miauu miau miau miau miau. Miau miau miau miau miau.

Miau miau miaui miau miau miaau miau. Miau miau miau, miau miau miaumiau miau miau miau. Miau miau miau miau. Miau miau mia miau mau miau miau miau miau miau. Miau miau miau miau miau miau miau. Miau miau miau miau miau miau miau miau miau miau miau.

Miau miau miau miau miau. Miau miau miau miau miau miau miau. Miaau miau miau miau miau miau miau miau miau miau. Miau miau miau miau. Miau miau miau miau miau miau miau miau miau miau. Miau miau miau miiau miau miauu miau. Miau miau miau miau miaiu miau miau miau miau miau. Miau miiau miaau miau miau. Miau miau miau miau miau miau miau.

Meowy 19

Miau miau miau miau miau miau miau. Miau miau miau miau miau miau miau miau miau miauu. Miau miau miaau miau miau. Miau miau miau miau miau miau miau. Miiau miau miau miau miau miau miau miau miau miau. Miaau miau miau miau.

»Miau miau miau miau miau miau miau miau miau miau.«

»Miau miau miau miau miau miau miau«, Mau miau miau miau miau miau miau miau miau miau. Miau miau miau miau mau. Miau miau miau miau miau miau miau. Miau miau miau miau miau miau miau miau miau miau. Miau miau mia miau. Miau miau miau mau miau miau miau miau miau miau. Miau miau miaau miau miau miau miau. Miau miau miau miau miau miau miau miau miau miau. Miau miau miau miau miau. Miau mia miau miau miauu miau miau. Miau miau miau miau miau miau miau miau miau miau. Miau miau miau miau. Miau miau miau miaumiau miau miau.

»Miau miau miau miau miau miiau miau. Miau miau miau miaau miau miau miau miau miauu miau. Miau miau miau miau miau.« Miaui mia miau miau miau miau miau. Miau miau miau miau miau miau miau miau miau miau.

»Miaumiaui miau miau«, miau miau miau miau miau miau miau miau.

Miau miau miau miau miaau miau miau. Miau miau miau miauu miau miau miau miau miaau miau. Miau miau miau miau miau. Miaui miauu miau miau miau miau miau. Miau miau miau miau miau miau miau miau miau miau.

Miau miau miau miau. Miau miau miau miau miau miau miau miau miau miau. Miau miau miau miau miau miau miau. Miau miau miau miau miau miau miaumiau mia miau. Mau miau miau miau miau. Miau miaui miau, miau miau mia miau. Miau miau miau miau miau miau mau miau miau miau. Miau miau miau miau.

Miau miau miau miau miau miau miau miau miau miau. Mia miau miau mia miau miau miau. Miau miau miau, miau miau miaumiau miau miau miau. Miau miau miau miau miau.

Miau miau miau, miau miau miau miau. Miau miau miau mau miau miau miau miau miau miau. Miau miau miau miau. Mia miau miau miau miau miau miau miiau miau miau. Miau miau miau miau miau miau miau. Miau miaumiau miaau miau miau miauu miau miau miau. Miau miau miau miau miau. Miau miau miau miau miau miau miau. Miau miau miau miau miiau miau miauu miau miau miau. Miau miau miau miau. Miau miaau miau miau miau miau miau miiaui miau miau. Miau miau miau miau miau miau miau. Miau miau miau miau miau miau miau miau miau miau miau miau.

Miau mia miau miau miau. Mau miau miau miau miau miau miau. Miau miau miau miau miau miau miau miau miau miau. Miaumiau miau miaui. Miau miau miau miau miau miaau miau miau miau miau. Miau miau miau miau miauu miau miau. Miau miau miau miau miaau miau miau miau miau miau. Miau miau miau miau miau.

Miau miau miau miau miau miau miau. Miau miau miau miau miau miau miau miau miau miau. Miau miau miau miau. Miau miau miau miau miau miau miau miiau miau miau. Miau miau miau miau miau miau miau. Miaau miau miau miau miau miau miau miau miau miau. Miau miau miau miau miau. Miau miau miaau miau miau miau miau.

Miau miau miauu miau miau miau miau miau miau miau. Miau miau miau miau. Miau miau miau miau miau miau miau miau miau. Miau miau miau miaumiau miau miiaau. Miau miau miau miau miau miaui miau miau miau miau. Miau miau miau miau mia.

Meowy 20

»Miau miau miaumiau miaui, miau miau mau miau miau. Miau mia miau miau.«

»Miau miau miau, miaumiau miau miau miau miau miau.«

»Miau miau miau miau miau miau miau. Miau miau miau miaui miau miau mia miau miau miau. Miau miau miau miau miau.«

Miau miau miau miau miau miau miau. Miau miau miaui miau miau miau miau miau miau miau. Miau miau miau miau. Miau mau miau miau miau miauu miau miau miau miau. Miau miau miau miau miau miau mau. Miau miau miau mia miau miau miau miau miau miau.

Miau miaau miau miau miau. Miau miau miau miau miau miau miau. Miaau miau miau miauu miau miau miaui miau miau miaau. Miau miau miau miau. Miau miau miau miau miau miau miau miau miau miau. Miau miau miau miau miau miau miau. Miau miau miau miau miau miau miau miau. Miau miau miau miau miau.

Miau miau miau miau miau miau miau. Miau miau miau miau miau miau miau miau miau miau. Miau miau miau miau. Miau miau miau miau miau miau miau miau miau miau. Miau miau miau miau miau miau miau.

Miau miau miau miau miau miau miau miau miau miau. Miau miau miau miau miau. Miau miau miau miau miau miau miaaui. Mia miau miau miau miau miau miau miau miiau miau. Miau miau miau miau. Miau miiau miau miau miau miau miau miau miau miau. Miau miau miau miau miau miau mau. Miau miau miau miaau miau miau miau miau miau miau. Miau miau miau miau miau. Miau miau miau miau miau miau miau. Miau miau miau miaau miau miau miau miau miau miau. Miau miauui miau miau. Miau miau miau Miau miau miau miau miau miau miau.

Miau miau miau miau miau miau miau.

Miau miau miau miau miau miau miau miau miau miau. Miau miau miau miau miau. Miau miau miau miau miaau miau miau. Miau miau miau miau miau miau miau miau miau miau. Miau miau miau miau. Miau miau miau miau miau miau miau miau miau miau. Miau miau miau miau miau miau miau. Miau miau miau miau miiau miau miaui miau miau miau. Miau miau, mia miau miau. Miau miau miau miau miau miau miau. Mia miau miau miau miau miau miau miau miau miau. Mau miau miauiau. Miau miau miau miau miau miau miau miau miau miau. Miaumiau miau miau miau miau miau.

Miau miau miau miaui miau miauu miau miau miau miau. Miau miau miau miau miaau. Miau miau miau miau miau miau miau. Miau miau miau

miau miau miau miau miau miau miau. Miau miau miau miau. Miau miau miau miau miau miau miau miau miau miau.

Miau miau miau miau miau miau miau. Miau miau miau miau miau miau miau miau miau miau. Miau miau miau miau miau. Miauu miau miau miau miau miau miau. Miau miau miau miau miau miau miau miau miau miau. Miau miau miau miau. Miau miau miau miau miaui! Miau mau miau miau miau. Miau miau miau miau miau miau miau. Mia miau miau miau miau miau miau miau miau miau. Miau miau miau miau miau.

Miau miau miau miau miau miau miau. Miau miau miau miau miau Mau miau miau miau miau. Miau mia miau miau. Miau miau miau miau miau miau miau miau miau miau. Miau miau miau miau miau miau miau. Miau miau miau miau miau miau miau miau miau miau. Miau miau miau, miau miau. Miau miau miau miau miau miau miau. Miau miau miau miau miaumiau miau miau miau miau. Miau miau miau miau.

»Miau miau miiau miau miau miaau miau miau miau miau.«

»Miau miau miau«, miau miau miau miau. Miau miau miau miau miau miaui miau miau miau miau. Miau miau miau miau miau. Miau miaumiau miau miau miaau miau. Miau miau miaui miau miau miau miau miaui miau miau. Miau mau miau mia.

Mia miau miau miau miau miau miau miau miau miau. Miau mau miau miau miau miau miau. Miau miau miau miau miau miau miau miiaau miau miau. Miau miau miau miau miau. Miau miau miau miau miau miau miaauu. Miau miau miau miau miau miau miau miau miau miauu. Miau miau miau miau. Miauu miau miau miaui miau miau miaau miau miau mia.

Miau miau miau miau miau miau miau. Miau miau miau miau miau miau miau miau miau miau. Mau miau miau miau miau. Miau miau miau miau miau miau miau. Miau miau miau miau miau miau miau miau miau miau. Miau miau miau miau. Miau miau miau miau miau miau miau miau miau. Miau miau mau miau miau miau miau. Miau miau miau miau miau miaumiaui mia miau miau. Miau miau miau miau miau. Miau miau mau miau miau miau miau. Miau miau, miau miaui miau mau miau miau miau miau. Miau miau miau miau. Miau miau miau miau mau miau mia miau miau miau.

Miau miau miau miau miau miau miau. Miau miau miau miau miau miau miau miau miau miau. Miau miau, Miau mau miau. Miau miau miau miau miau. Miau miau mia miau miau miau miau miau miau miau. Miau miau miau miau. Miau miau miau miau miau miau mau miau mia miau. Miau mia miau mau miau maumiau...